Chara

銀の鎮魂歌《レクイエム》

JN082537

吉原理恵子

キャラ文庫

この作品はフィクションです。
実在の人物・団体・事件などにはいっさい関係ありません。

目次

口絵・本文イラスト／ｙｏｃｏ

§ 序章 §

太古《いにしえ》より、すべての物語は人と人との出会いに始まる。

偶然と必然が絡み合い。

善と悪が生まれ。

喜びと絶望《悲しみ》が交錯し。

愛と憎悪が渦巻いて。

心と身体《からだ》を翻弄しながら楔《くさび》を穿《うが》ち、やがて人生という名の物語が結実する。

人が人間《ひと》である限り、ふれあう心に魂は宿る。いつの世も、人それぞれの生きざまが、よくも悪くも歴史《時》を刻んでいくように。

根なし草の詩謡《うたうた》いは歌う。


光満つれば、闇在りて。

影差さざれば、人生華もなし。

真実は偽りを孕《はら》んで歪《ゆが》み、

欺瞞《ぎまん》の中に真理の欠片《かけら》は潜み、

願望は深淵《しんえん》に沈みて泡沫《うたかた》となり、わずかにねじれた愛の狭間《はざま》で運命《さだめ》の扉はゆうるりと開く。

人の世の出会いと別れも、また、斯《か》くのごとし。

――と。

人が人と出会うとき、すでに別離《物語》は始まっているのだろう。始まりの一歩が、同時に終わりへと続く第一歩なのだと。ただ、そうと気づかないだけのことで。

人生に確かな道標《みちしるべ》はない。

いくつもの出会いと幾度《いくたび》かの別れをくり返しながら、人は人間として成熟していくものなのだろう。

……迷い。

……憂い。

……悩み。

そして、決断する。

選び取る喜びはときに胸苦しく、軽やかに弾む足取りも、やがてはどんよりと重くなる。

そうして、初めて、人は頭《こうべ》を巡らせるのかもしれない。

振り返れば、そこには確かな過去がある。運《つき》の明暗を問わず、自分の足で踏みしめてきた人生《喜怒哀楽》がある。

絡みつくしがらみに身も心も囚《とら》われ、縛られ、嘆き、それでもなお前を見据えて生きていかなければならないとき、人は、それを『運命』と呼ぶのだろうか。

物語が始まる。

現《うつ》し世に、人の数だけ違った出会いがあるように。

物語は始まる。

人の世の悲喜こもごもが、魂を震わすその瞬間に。

愛するがゆえに自我の迷路を彷徨《さまよ》い、真実と偽りの扉を開き違えた者たちへ、哀惜の鎮魂歌《レクイエム》を込めて。

§ 帰郷 §

その日。

五の月《ル・ナン》の空は、抜けるように蒼《あお》かった。

樹木の緑も、こぼれ落ちる葉ずれの燦《きら》めきも、蒼穹《そうきゅう》に映えてまぶしい。

昨夜の激しい春雷がまるで嘘《うそ》のように、朝から見事に晴れ上がっていた。

しっとりと潤った大気は、ひんやりと肌に馴染《なじ》む。その心地好《よ》さにひと息つけば、すがすがしさが肺腑《はいふ》のすみずみにまでゆったりと染み入るようであった。

眼前に万年雪をいただく霊峰ミネルバを睨《にら》み、背後にシェラ山脈の群雄を背負うラモンの峠は、この時期、目を瞠《みは》らんばかりの美しさで旅人を魅了する。深山幽谷の遅い春は、梢を渡る風にさえ瑞々《みずみず》しさが薫《かお》るのだった。

峠を過ぎれば、やがて、道はゆるやかに蛇行する。

都《ソール》は近い。

長旅の疲れも、ここを抜ければ報われる。安堵《あんど》のため息にも似た、束《つか》の間《ま》のオアシスがここにあった。

ラモンの峠は別名『見返り坂』とも呼ばれていた。

いつ、誰が、その名で称したのかは定かではないが、長く厳しい冬が明け、春を待ち兼ねたように都を訪れる旅人たちは皆、ここへ来て初めてその由来に合点がいくのだった。

可憐《かれん》な花々はそこかしこで人々の微笑を誘ってやまない。新緑の鮮やかさはただもう目に染み入るばかりであったし、春を謳歌《おうか》する鳥たちの澄んださえずりに惹《ひ》かれて、思わず足取りもゆるんでしまう。荒く途切れがちの吐息もいつの間にか収まり、そうしては、右へ左へとなごり惜しげに頭を巡らせて、また歩き始めるのであった。

都へと続く、なだらかな下り道。ふと立ち止まっては思わず振り返り。振り返りつつ、もうひと踏ん張りとばかりに足を運び直す。

『見返り坂』と呼ばれるそこを行きながら、旅人は、えも言われぬ趣の中に感嘆とは別口の、己の人生をも重ね合わせてみるのだろうか。

そこを抜け、しばらく行くと、不意に樹木の隧道《ずいどう》が途切れる。いきなり、何もかもがすっぱりと切り落とされたかのように一度に視界が開け、眼下に霊峰ミネルバの山並みを背にした都の様相が一望できた。

名にし負う、ジオの都である。

誰もが死ぬまでに一度は自分の足で踏みしめてみたいと願う、憧れの聖都であった。

霊峰ミネルバの御裾《みすそ》に広がる豊饒《ほうじょう》の大地はのどやかで、くすみがなく、蒼穹の燦めきを映して流れる川面《かわも》は更にゆったりとおだやかで、ただもう目映《まばゆ》いばかりであった。

裾から腹へ、点在密集する小ぎれいな集落。

人が集まり住み着けば、そこにはさまざまな気が混じり、あふれる。ジオの都のそれは、そこかしこで都の栄華がそのまま花開いているような、そんな錯覚すら起こさせるのだった。

「…………ジオの都だ」

キラ・カムスは感慨深げにひとりごちたまま、身じろぎもしなかった。

二年ぶりの故郷である。

(何も変わっていない)

懐かしさに思わず胸が詰まるほどの情景が目の前にある。我が身を曝《さら》して目を見開けば、さまざまな思いがあふれて心が疼《うず》いた。

ゆるく頬をかすめる清風の薫りさえ、今はせつないほどに甘かった。

心の襞《ひだ》に刻みつけた想《おも》いがそこかしこで血の疼きを誘い、熱いうねりとなって身体中を駆け巡る。昂《たか》ぶる鼓動と頬の熱さを視線に込めたまま、キラは深々と息をついた。

(あぁ……帰ってきたんだ、本当に)

都は相変わらずの賑《にぎ》わいであった。

ただゆったりと歩いているだけで、活気に満ちた喧噪《けんそう》が爪の先まで染み渡る。長旅で疲れているはずなのに、キラにはそれがひどく心地好かった。

小脇にかかえた古めかしいが優美な造りの十一弦の竪琴《たてごと》。いかにもな旅装束——一般的な庶民が着るブレ《ずぼん》とブリオー《上着》にゆるくまとっただけの肩衣は色褪《いろあ》せ、一見して流れ詩人と知れる身なりはこざっぱりとはしていたが、行き交う人々に比べるとやはり目立って粗末だった。唯一の財産が入っているとおぼしき背嚢《はいのう》の組紐《くみひも》は擦れて、今にもぷっつりと切れてしまいそうだった。

けれど、たとえ形《なり》はどうであれ、それが人品まで卑しめることはない。

幾世の昔から、人の生きざまの善し悪しはその目に、顔つきに現れるというではないか。

目鼻立ちの整った優しげな容貌には、元を糺《ただ》せば名のある貴人の末裔《まつえい》ではないかと思わせる品格すらある。まして、その背でゆらめく細絹のごとき銀髪の見事さは、ジオの都広しといえどめったに目にすることも叶《かな》わないとあってか、すれ違う人の目を奪い、感嘆のため息を誘うには充分すぎるほどであった。

陽《ひ》に透ける銀髪の淡く筋を引くような燦めきは人波に沿って流れ、ざわめきの中に何色にも染まらない清涼感を残して消えていく。それは、手でそっとふれることさえためらわれるような、美しくも儚《はかな》い、摩訶《まか》不思議な透明感がこもっていた。

キラは慣れた足取りで入り組んだ街路を行き、脇目も振らず、賑わう喧噪を背で聞き流して人家を抜けた。

やがて街路から外れ、ざわめきも薄れ、すれ違う者もいない寂しい道に入った。

細々とした、道なき道である。

旅慣れた者でさえ、めったに通ることのない獣道である。

だが、キラの足取りにはなんの迷いもためらいもない。ただ、ゆったりと……思い出を嚙《か》みしめるように一歩ずつ、嫋々《じょうじょう》たる風の音が梢を鳴らす樹海《エラータ》へと分け入った。

懐かしさに駆られての、不意に思いついた散策ではなかった。

まだ、充分に陽は高い。宿を取ってくつろぐ前に、キラはそこへ行っておきたかったのである。

今日、すぐに、どうしても行っておかなければならないという大事ではない。けれど、二年ぶりの故郷と思えば、やはりそれなりに気も急《せ》くのだった。

レア・ファールカ。

樹海を突き抜けると、そこに、ジオの帝都を象徴する白銀の城がある。

ジオの覇王たる、歴代ソレル王家の居城であった。

清楚《せいそ》にして優雅なたたずまいは、霊峰ミネルバを背に配した難攻不落の本城というよりはむしろ、深緑に抱かれたまま静かに翼を休める優美な白鳥といった趣が強い。

それゆえ。ジオの民人は本来の呼称である『マデリア宮殿』ではなく、親しみを込めて『レア・ファールカ』と呼んだ。今ではそれが旅人の間でも通り名になってしまっていた。

優美な白鳥《レア・ファールカ》。

キラにとって、忘れることのできない故郷のすべてがここにあった。

光あふれる日々に、笑い声が弾《はじ》けて上がる至福の時期。だが、その思い出が甘美であればあるほどその後に続く絶望は深く、落ちても、堕《お》ちても、いまだに底が見えないのだった。

愛と憎悪が歪んで軋《きし》むあの耐え難い痛みと懊悩《おうのう》は、今もなお胸の奥でくすぶり続けている。消すに消せない埋火《うみび》のように。

つきまとう過去の重さも、胸苦しさも、すべて時間が癒やしてくれる。それは、絶望が吐かせた悲しい嘘だとキラは思った。

想いは、すでに、見る術《すべ》も叶うこともない残夢であった。翳《かげ》ろう月虹《げっこう》よりももっと儚い幻であった。古傷は二年たった今でも膿《う》みただれたまま血を流す。痛みに喘《あえ》ぐようにじくじくと疼くのだった。

真心を込めて紡いだはずの絆《きずな》も、互いを思いやる情愛がなければ脆《もろ》い。ほつれてゆるんだだけならばまだ繕う術もあっただろうが、ずたずたに絶ち切れてしまえば、もはや痛みしか残らない。

時間は無情に過ぎていく。

虚《むな》しく移ろう季節を数えてふと気がつけば、ゆうに二年が過ぎていた。

それでも。流れ歩く旅の空に、ひとり眠れぬ夜に思い描いてきたのは、歓喜と絶望の交錯したこの白銀の城なのだった。

——今。レア・ファールカを眼前に仰ぎ、キラは、郷愁とは別口の、もっと深いところで静かにくすぶり続けるものを改めて意識せずにはいられなかった。

(日々の糧《かて》は口を潤すものだけにあらず……か)

唇の端からひっそりともれるのは、自嘲のため息か。それとも、断ち切れない未練の苦い疼きだろうか。

キラは喬木《きょうぼく》の陰に身を潜め、不変を誇る王宮の堂々たるたたずまいにふと目を細めた。

城門は左右に大きく開かれていた。

両脇で睨みをきかす衛兵の型にはまった直立不動も、庭内を颯爽《さっそう》と闊歩《かっぽ》する近衛隊のきらびやかな肩衣も、今はただ懐かしい。

改まって目を閉じるまでもなく、そこに佇《たたず》んでいるだけで、何もかもが鮮やかに浮き上がっては消えた。

壮観の一語に尽きる閲兵式。

拝殿での荘厳な儀式。

夜宴の賑々しさは闇の静寂すら搦《から》め捕ろうとし、楽しげな女たちの笑い声がさざめく後宮の華やかさには継ぐ言葉もない。

中でも、とりわけ、灌木《かんぼく》の茂みに浮き立つ小離宮《サドリアン》の見事さは……。

以前はそれらを思い出すのも辛《つら》かった。過去のすべてを記憶の底に封じ込める呪文があったなら。一時は、本気でそれを願わずにはいられなかった。

故郷を捨て、名を忘れ、ただの詩謡いとして諸国を流れ歩いても、過去はその身にまとわりついて離れなかった。まるで、追いすがる悪夢のように。

昼間はまだしも、夜、目を閉じれば必ず夢を見た。夢を見、うなされ、自分の悲鳴で目が覚める。そのくり返しであった。

臓腑《ぞうふ》を抉《えぐ》られるほど、苦しかった。

血涙が滲《にじ》むほどに、辛かった。

そして、ただただ哀《かな》しかった。

頼るべき者は、誰もいない。

ひとりきりの寂寥《せきりょう》感に、心の臓が凍りつく日々であった。

そうして。あるとき、ふと思った。

どんな過去であれ、その思い出があるからこそ、人は人間として生きてゆけるのかもしれないと。

嗚咽《おえつ》を嚙み殺して暮れる日々は虚しい。ならば、過去は過去として、先のわからない明日を憂うより、今日という日を精一杯生きてみようかと。

今……。

確かな、この瞬間を。

誰を恨むこともなく、自分のために…………。

つつがなく今日を終えて明日にひとつだけ残せるものがあるのなら、それは、憎しみや後悔ではなく、心おだやかな休息でありたいとキラは思った。本音で、そう思えるようになった。

求めたどり着いたのは、癒やされることではなく諦念。あるいは、素朴な祈りであるかもしれない。

求める道筋が決まってしまえば、迷うこともなくなる。あえて理由付けをするのなら、そういう願いであればいいと思った。

どのくらい、そこに、そうして佇んでいたのか。さわさわとした樹木の葉ずれに誘われてふと我を取りもどしたキラは、ひと息ついて、またゆったりと歩き出した。

城壁沿いに喬木の続く小道をたどり、ゆるやかな斜面を左手に上ればじきに墓地《メタール》である。そこの見晴らしのよい丘陵地の一角に、キラの母アーシアが眠っていた。

ジオにもどってきたその足で、疲れた腰を落ちつける前にやっておきたいこと。それが、亡き母の墓参であった。

——と、そのとき。視界の端をいきなり人影がかすめ、キラはぎくりと足を止めた。

まさか、こんなところまで衛兵が見回りに来たとも思えなかったが、キラには人に見咎《みとが》められてはまずい事情があった。よりにもよって、帰ってきたその日に、よけいな揉《も》め事を起こしたくはなかった。

キラはすぐさま樹木の陰に身を潜めた。

その視線の先で、声を弾ませ、満面に笑みを浮かべて亜麻色の髪の少女が駆けてくる。

年齢《とし》の頃なら、十五、六歳であろうか。

後宮の年若い女官とも、侍女とも思われない。青と朱色の錦糸で彩られた華やかな若草色の錦衣《ドレス》はいかにも貴族の娘を思わせたが、柔らかに波打つ髪は結われてもいないし、軽やかに裾をひるがえして見え隠れするしなやかな白い足は良家の子女にはあるまじき素足であった。

キラは思わず苦笑した。礼節と体面を何よりも重んじる貴族の中にも、こんなに自由奔放な娘がいたのかと。

だが。

それも。

「マイラっ。待て。待たぬかっ」

笑みを含んだ声の張りに弾かれて、唇の端が引き攣《つ》り歪んだ。

（まさ…か………）

逸《はや》る鼓動が喉元まで跳ね上がったとき、少女が振り向き、鈴を転がすような可憐な声で忘れがたいその人の名前を呼んだ。

「ルシアンさまぁっ！」

キラの顔面から一気に血の気が失せた。錯覚ではない。手も足も不様なほどに硬直し、キラはその場で凍りついた。

ルシアン・ゾルバ・レ・ソレル。

脈々と受け継がれてきた王家の血を誇示するかのような、艶《つや》やかで少しだけ癖のある豊かな黒髪。闇夜より深い漆黒の双瞳《め》。それゆえ『黒の貴公子』の異名を取る、ジオの若き帝王。

キラは逆鱗《げきりん》にふれてぼろ屑《くず》同然に城を放逐されるまでの五年間……いや、ルシアン付きの従者《小姓》として過ごした時間よりももっとずっと長い間、乳兄弟として、いつもルシアンのそばにいた。

けれど、今。まったく思いもしない突然の再会は、二年前のあの悪夢よりももっと酷な現実をキラに見せつけずにはおかなかった。

「まったく、しようのない奴《やつ》だな。シリルに知れたらどうする。また小言を食らうぞ」

半ば苦笑しながら、それでも、ルシアンのおだやかな口調は少しも崩れない。キラはそこにまぎれもない二年の歳月を見た。

あの頃は肩口できれいに整えられていた癖毛も、今は背で緩くひとつに結わえられていた。

「シリル様のお小言には、もう慣れました」

くすくすと笑う少女のあどけなさ。愛らしくも幸せに満ちあふれた声に、キラは胸の奥を刺し貫かれるような痛みを感じないではいられなかった。

「私は好きだがな。おまえの、そういう飾らぬところが」

「わたくしのほうが、もっと……ずっと深くお慕いしておりますのに」

少女ははにかむように笑みを浮かべた。

まして、あの日。

『このぉぉぉ〜〜下種《げす》がぁッ！』

そう罵《ののし》りざま憎悪を込めて激しくキラを打ち据えたルシアンの手が思いがけないほどの優しさで少女の腰を抱き寄せたとき、キラはかすかに震えのくる手で思わず小枝を握りしめずにはいられなかった。

ルシアンのたくましい腕の中、少女はたおやかに頬をすり寄せて、うっとりと目を閉じた。

それは愛が薫りあふれるような甘い口づけであった。恋人たちが日ごと夜ごとに交わす、しっとりとまろやかな接吻であった。

キラは喉から下腹部まで一気に切り裂かれたような気がして、半ば無意識に小枝を手折った。

パシンっ。

張りつめた大気を小さく弾いたその音は、くすぶり続ける過去の痛みか。それとも、捨てきれなかった想いが無惨に砕け散った音なのか。

さわさわと風が梢を揺らした。

誘われて、ふと我に返ったとき、キラは小刻みに震える唇の端を歪めて目を伏せた。

（何を今更、未練げに……。わかりきったことではないか）

偶然——運命があくまでそれを『偶然』と呼ぶのなら。小指の先か、髪の端か、いまだ目に見えないどこかでルシアンとの縁《えにし》の名残を細々と引きずっているのかもしれないと、キラは思った。それがいいのか悪いのかは別にして。

その一方で、二年ぶりに垣間《かいま》見たルシアンのあまりに幸せそうな笑顔に、キラは、もはや自分とルシアンを繋《つな》ぎ止めていた絆の欠片も残ってはいないのだと、骨の髄まで思い知らされたような気がしたのだった。

あきらめに慣れ、何も望まず、ただ粛々と……。そうやって日々を見送ってもなお、過去は疼く。胸の底で、背の端で。たぶん、これでいいのだと納得するには充分すぎて、心の臓まできりきりと痛むのだった。

出会いがあれば、いずれ必ず別れは巡りくる。それが、どんな形であれ。

人の世の悲喜こもごもが、すべて『運命の女神』の手の中にあると思えば、それであきらめもつく。そう思っていた。

愛と憎悪の狭間で見た、絶望。この二年、キラは、泣いても嘆いてもわめいても、それより先に堕ちる地獄はないと思ってきた。

しかし。人は心のどこかに、自分でもそうと気付かないほどの小さな逃げ道を残しておくものなのかもしれない。思いもかけないその事実を鼻先に突きつけられたような気がして、奥歯を噛みしめた。

(どんなに深く抉られた傷も、傍らに愛する者がいればいつか癒えるものなのかもしれない)

あの頃と少しも変わらないレア・ファールカの中で、そこには確かな二年の歳月があった。睦《むつ》まじやかに抱き合うふたりの姿が、幸せそうな笑顔が、キラにそれを教えてくれる。ならば。目の奥に、胸の底に、その事実をしっかり焼きつけておこうと思った。この先、再び相見《あいまみ》える偶然など、それこそ願っても叶わない夢なのだから。

樹木の緑の奥深く、キラは、想いの丈を込めてふたりを見ていた。ひたすら深く、静かな眼《まな》差《ざ》しで。

(ルシアン様。二年ぶりに見る都の風景は何も変わっていません。けれど、風の匂いさえ昔のままなのに歳月は確かに流れているのですね)

ひしひしと実感させられた。

キラは身を翻し、また歩きはじめた。

屈託のない、楽しげな笑い声が風に乗って背に追いすがる。その痛みに決別して、墓地へと足を速めた。

(母上。ただ今もどってまいりました。長い間墓参りを欠かして申し訳ありませんでした)

ひざまずき、片手でその名を記した石碑にふれながら、キラはしばし瞑目《めいもく》した。

キラの母アーシアは、元を糺せば北の小国ラッツカの神官の娘であった。

十五の年、アーシアはシアヌーク姫につき従ってジオにやってきた。それまで冷戦状態にあった強国ジオとの和睦、その条件の要として、ギジェ王とシアヌーク姫との婚儀が執り行われたからである。

アーシアは竪琴の名手でもあった。

王妃とは名ばかりの、半ば人質同然に嫁がされてきたシアヌークのために、アーシアは毎夜のように竪琴を奏で故郷の歌を口ずさんだ。

そして、六年後。

アーシアはキラを産んだ。誰にも嫁がないままに。

いったい、キラの父親は誰なのか。

後宮を仕切る女官にきつく問い質《ただ》されても、アーシアはひたすら沈黙を守った。その分、さまざまな憶測が流れた。あからさまな嘲笑と陰湿な陰口は数え上げればきりがなかったし、その年、同じ時期に姫を出産したシアヌークの産後の肥立ちが思わしくないということがなかったならば、母子揃《そろ》って王宮を辞す覚悟であったという。

キラ自身、今もって父親の名前すら知らない。アーシアは最後の最後まで、我が子にもその秘密を明かさなかった。

だが、キラは、それを恨みに思ったことなどただの一度もなかった。

口さがない宮廷雀《すずめ》の噂話《うわさばなし》も、陰口も、心ない嫌がらせも、こまやかな母の愛情までは汚せない。あいつは父《てて》なし児だと後ろ指をさされはしたが、家訓というしがらみに縛られることもなく、自由にのびのびと育てられたのだという自負すらあった。

たとえ他人目《ひとめ》にはどう映ろうと、流行病《はやりやまい》で母が逝くまでの十年間、ルシアンとその妹イリスの乳兄弟として、キラはそれなりに幸福であったのだ。

(母上。今のぼくは、気ままなその日暮らしの詩謡いです。竪琴の名手であられた母上の真似《まね》事《ごと》でほんの手なぐさみに覚えたことが、今頃役に立つなんて思ってもみませんでした。剣で身を立てる腕もなし、商いで財を成すほどの才もなし。あの方の逆鱗にふれて放り出された小姓なんて、ほかに何もつぶしがきかなくて)

絶望の果ての二年であった。

曲がりなりにも、亡き母の前でそんなふうに語りかけられるようになった。そこにも確かに二年の歳月があった。それでも、帰郷を決意するきっかけになった出来事を思えば、憂いは晴れなかったが。

好むと好まざるとにかかわらず、時間は誰にも等しく流れる。喜びの日々は短く、失意の一日は長い。それがこの世の常であった。

(母上、来年の春にまた参ります。その日まで何事もなくつつがなく過ごせますよう、お守りください)

とある予感を込めた静かな祈りであった。声には出さず胸の内でひっそりと噛みしめて、もう一度深々と頭を垂れた。

母の墓参を済ませてほっと肩の力が抜けた、そのとき。背に痛いほどの視線を感じて思わず振り返った。

そこにルシアン同様どうにも忘れがたい顔を見出《みいだ》して、愕然《がくぜん》と双眸《そうぼう》を見開いた。

（イリ…ス……さま）

華美ではないが一目で最高級品とわかる柔らかな光沢のある濃紺のドレスを身にまとい、艶やかな黒髪をひとつに編んで後ろに流し、王家の紋章をあしらった額飾りは色白な肌に目映く輝いている。ルシアンの美貌をもうひと回り柔らかにしたかのような細面《ほそおもて》は楚々とした気品が匂わんばかりであった。

イリス・フェビア・レ・ソレル。

ソレル王家唯一の姫である、ルシアンの実妹であった。

＊＊＊

その日はイリスの乳母であったアーシア・カムスの月命日であった。

毎月欠かさず、イリスは墓参に訪れている。近衛騎士をひとり護衛に伴って。

本当はひとりでゆっくりと訪れたいが、高貴な身分ではそれもままならない。

決められた時間に王宮を出て、花束を墓前に供え、祈りを捧《ささ》げ、そして——もどる。

この二年間、あの日からずっとひとりでの墓参……。それがイリスの日常に成り果てた。

けれど。

この日。

いつもは訪《おとな》う者など誰もいないはずの場所で、思いがけない人影を見た。

——そのとき。

イリスは呆然《ほうぜん》と立ち竦《すく》んだ。

よもや。

……まさか。

…………そんなことが。

（キ…ラ……？）

もしかして、これは、かつて犯した罪の意識が見せた白昼夢ではなかろうかと。

その人物が不意に振り返った——瞬間。

（キラっ）

こぼれ落ちんばかりに大きく見開かれたイリスの黒瞳は潤んでわななき、蒼ざめた唇は絶句の声を呑《の》んだまま吐く息さえ凍りついてしまった。

＊＊＊

キラとイリス。

二年ぶりの再会に、ふたりの足元には沈黙よりももっと重苦しい陰影が落ちた。

まばたきもせず、食い入るように見つめ合う双眸が互いの古傷を抉り出す。

じわりと鮮血が滲んだ。

忘れようにも忘れられない過去が、新たな痛みを弾き出す。

胸の底の更に奥深い場所で魂《こころ》が軋んで息苦しいまでに身体の節々を締めつけたとき、キラはふと気付いた。

ほっそりとしたイリスの腕に抱えられた花束が、生前、母がこよなく愛したサラディーナの花であることに。

(あ…あぁ……そう、だった)

キラはそっと目を伏せた。今日は月違いの母の命日であったことに気付く。

昔は、必ず三人揃って墓前に花を手向けたものだった。そのときの光景が不意に思い出されて、四肢のこわばりも次第に溶けていくような気がした。

(そうですね。あの頃は、日々の幸せがいつまでも続くものだと思っていたけれど)

イリスは指が白じむほどきつく花束を握りしめていた。その手に、凍りついた唇に、それと

知れる震えを這《は》わせ、

「いつ……もどって…きた、の、ですか?」

かろうじて聞き取れるほどのかすれ声で、そう問いかけた。

キラは無言のままその目を見つめ返しただけで、イリスに二の句を継がせなかった。

いや、キラが……というよりはむしろ、それは、キラに対するイリスの絶望的な負い目であったろう。

一生かけても贖《あがな》えない良心の呵責《かしゃく》という名の罪と罰。その自覚に呪縛されて身じろぎもできないイリスであった。

キラの蒼瞳は不思議に澄んでいた。

そこに笑みはなく、隠しようのない孤影が滲んではいたが、暗い荒みもなければ憎悪のこもった歪みもなく、それどころか、イリスを見つめる目には静かな憐憫《れんびん》すらあった。

そのとき、イリスは思い知らされた。面罵されるよりも酷な……絶望的なまでの優しさがあるとすれば、こういうことを言うのだろうと。

非をなじられて、思うさま罵倒されたのなら、どれほど気が楽であろうか。犯した罪の重さを自覚するイリスにとって、それは、真綿で首を締められるような耐え難さであった。

イリスは血の気の失せた頬を歪めたまま立ち竦んでいた。その場から、一歩たりとも動けなかった。

いませ）

（これも母上のお導きでしょうか、イリス様。言葉を交わさぬ無礼は、なにとぞご容赦くださいませ）

キラは深々と礼をすると、ゆったりとした足取りで去っていった。

身じろぎもせず、まばたくことすら忘れ、イリスはじっとその背中を見送った。

ゆらゆらと樹木をかすめ、キラの姿が緑の中に溶けてしまってもなお、イリスは動けなかった。まるで悪夢の呪いにでもかかったかのようにいつまでも硬直したままだった。

やがて、か細い肩が小刻みに震えはじめた。

張りつめたものが不意に途切れ、行き場を失った想いがあふれ、逆巻き、たおやかなその身体ごとイリスを締めつけた。

いくばくかの後。イリスの護衛も兼ねて少し離れたところで事の成り行きを見守っていた鳶《とび》色の短髪に琥珀《こはく》の瞳を持つ近衛騎士ディラン・ルフ・デ・ローデシアに、

「姫……参りましょう」

低く促され、イリスはぎこちなく振り向いた。

「……ディラン。キラの足元にひざまずいて許しを請うことさえできなかったわ」

涙にかすれた声で、イリスが儚く笑う。

そんなイリスを見るに忍びないとでも言いたげに、ディランはそっと目をそらせた。

＊＊＊

イリスと別れた足で川沿いにガリオンまで下り、キラは見通しのよい川岸の窪みで火を熾《おこ》した。墓参を終えたらすぐにでも町へもどって宿を取るつもりであったのだが、なぜか、足も心も渋った。

もうじき陽が落ちる。

干肉と果実をかじって空腹を満たし、キラは身体をそっと横たえた。

この二年で野宿には慣れていた。

静かであった。川のせせらぎに、大気に、おだやかな夜の気配が溶けていく。それがときおり淋《さび》しいとは思っても、射干玉《ぬばたま》の闇に怯《おび》えたことなど一度もなかった。

夜は優しい。

夢にうなされ、自分の悲鳴で目が覚めても、闇の帳《とばり》は無言で涙をぬぐってくれる。

懐かしい故郷にもどってはきたものの、すでに帰るべき家はない。笑顔で迎えてくれる家族もいない。

望んでも叶わないことを夢見る年齢はとうに過ぎていた。昨日、今日、明日……日々はそうやってくり返すものなのだと。

満天にきらめく無数の星だけが、キラの孤独を知っている。

(このまま手を伸ばせば星が掴《つか》めそうだ)

星のまたたきもなく、風のそよぎすらない真の闇には『魔』が棲《す》むという。切れ上がった紅《あか》い目は悪意に濡《ぬ》れ、蒼ざめた唇は甘美な毒を吐き、研ぎすました黒い爪で人の運命を弄《もてあそ》ぶのだという。

そんな夜にはほど遠いが、こそともしない静寂はいつになくキラを昂ぶらせた。

目が冴えて眠れなかった。

ルシアンと少女の仲睦まじげな姿が瞼《まぶた》にこびりついて離れないからか。それとも、イリスを前にして忘れがたい古傷が疼いたからなのか。

(ぼくはただ、静かに眠れる場所を求めてジオに戻ってきただけなのに……)

ただ間が悪いだけなのか。それとも……避けられない因縁だとでも言うのか。

細くて重いため息がもれた。

今の今あれこれと気をもんで考えても無駄なような気がして、そのまま目を閉じ、キラは我が身をそっとかき抱いた。

§　愛着《あいじやく》　§

戦争《いくさ》。

名のみの正義を振りかざし、人としての同義も地に堕ちて朽ち果てる——戦争。

大地を揺るがす軍馬の蹄鉄《ていてつ》の音は、さながら地獄の亡者の咆哮《ほうこう》であった。

策略と奸計《かんけい》による裏切り。その果ての、混沌《こんとん》。

尽きることのない野望は底なしの憎悪を誘い。狂気が人を蝕《むしば》み。そして、魂さえも深々と切り刻む。

そんな血腥《ちなまぐさ》い戦いの渦中から頭角を現し。他を制圧し。後に近隣諸国は言うに及ばず、遠く北はラツカ、東はルーデン、西のカナンまでもその名を轟《とどろ》かせ、『ジオの覇王』と恐れられたアスラン・ゲイルから数えて七代目。父ギジェと母シアヌークが相次いで身罷《みまか》り、ルシアンはあまたの期待を担って十五の若さでジオ皇帝に即位した。

国境での睨み合い、小さないざこざが絶えないとはいえ、婚姻による政略的な力関係は揺るぎなく、ジオの栄華をさえぎる影など何ひとつない。むしろ、アスラン・ゲイルの再来か……

との噂も高い希有《けう》の逸材を玉座に迎えたジオ帝国は、幾多の意味において近隣諸国の注目の的であった。

若き帝王ルシアンは、戴冠式でまず、母譲りの美貌と気品で並み居る王侯貴族を圧倒した。更に、豪華絢爛《けんらん》たる祝宴の席であふれ出んばかりの才気を惜しげもなく披露し、絶やさぬ笑顔のその裏で、彼らに、アスラン・ゲイル以来脈々と受け継がれてきた豪気の血を見せつけてそれぞれを送り出した。

キラは王宮の誰もがそうであるように、ジオの民がこぞって敬愛の念を寄せてやまない四歳年上の誇り高き獅子王《ししおう》と乳兄弟であることが、無上の喜びであり誇りであった。

媚《こ》びを嫌い、世に阿《おもね》らず、我が運命は我が手で切り開く。そういう熱く激しい気性に、無条件で深く静かに惹かれた。それゆえ、それまでの慣例をあっさり無視し、渋る重臣らの諫言《かんげん》をも蹴散らすようなルシアンの一声で小姓に取り立てられたとき、まさに天にも昇るような気分であった。

＊＊＊

ルシアン、十七歳の誕生祝いの日。

王宮の女官たちは朝一番からその準備に追われていた。

「さぁ、さぁ、急いで。皆、手を休めている暇はありませんよ」

女官長のシリル・デ・ヴォワはいつにも増して声を張り上げていた。

ルシアン付きの小姓たちもれなくその手伝いに駆り出されていたが、口をついて出るのは愚痴ばかりであった。

「どうしてルシアン様付きの僕たちまで銀杯を磨いたりしなくちゃならないんだろう」

「そうだよな。こんなの、後宮の下働きの仕事じゃないか」

「キラの奴が悪いんだよ。頼まれると何でも『はい、はい』って引き受けてしまうんだから」

「あいつ、ルシアン様に可愛《かわい》がられてるからって生意気だよ。元はラッカの神官の血筋だかなんだか知らないけど、ここじゃただの父なし子のくせに」

「そうそう。いくら母上がルシアン様の乳母だったからって、それだけで小姓に取り立てられるなんて……ずるいよな」

「あいつ、母上が亡くなってからなんの後ろ盾もないからな。なんとかルシアン様に取り入ろうと必死なんだ」

由緒正しい家柄から選ばれた小姓たちのキラに対するやっかみは止まらない。

そんな中、キラは独楽鼠《こまねずみ》のようにきびきびと与えられた仕事に邁進《まいしん》していた。ルシアンの誕生祝いの夜会だと思うと、それだけでわくわくと心が弾んだ。

――と。背後から重臣筆頭である宰相アスナス・ド・バートラムに呼び止められた。

「キラ」

「はい、アスナス様。何か？」

きっちりと礼を尽くし、キラは視線を上げた。

「陛下のお姿が見えぬが、どこに行かれたか、知っておるか？」

「ルシアン様は遠乗りにお出かけになりました」

とたん、アスナスは渋い顔をした。

「またか。今日だけはお控えになるよう、お願いしておいたというのに」

「申し訳ございません」

深々と頭を下げるキラに八つ当たりをするわけにもいかず、アスナスはどんよりとため息をついた。

「それで？　供の者は誰だ？」

「ディラン様とサマラ様です」

アスナスの顔はますます渋くなった。

「あやつらめ……。帰ってきたら、もう一度きつく叱っておかねばなるまい」

キラは何も言えず、また深々と頭を下げた。

＊＊＊

初夏の森の中。

愛らしい鳥のさえずりを蹴散らすように、三体の馬が先を争うように駆け抜けていった。

ルシアン、サマラ、ディランの三人は、ほぼ日常と化した野駆けでアリスティアの泉までやってくると、下馬して腰に下げた水袋を取り出して喉を潤した。

「あー、美味《うま》い。生き返るようだ。このあたりまで来ると、さすがに大気の匂いも違うな」

ルシアンは満足げに顔を綻ばせた。

癖のない宵闇色の髪と同色の目をしたサマラ・ジョシュア・ド・カーマインは近習筆頭の二十一歳。近衛騎士のディランは二十二歳。文官と騎士の違いはあれ、このふたりが側近の双璧であった。

「ルシアン様、そろそろお戻りになりませんと」

「なんだ、サマラ。来たばかりでもう帰る心配か」

「なにぶん、日が傾きかけておりますれば」

「構わん。どうせ、やることはいつもと同じだ」

サマラの忠告をルシアンは素っ気なく切り捨てる。

「ですが、いろいろとお支度もおありでしょうし。あとで、また女官長殿にくどくどと叱られてはたまりませぬ」

「ふん。おまえも誰ぞに似て、だんだん口喧《くちやかま》しくなってきたな、ディラン」

「恐れながら。それが近衛の務めと存じます」

「毎年毎年、代わり映えのせぬ夜会など面白くもおかしくもないわ」

　本音でそう思っているのだろう。ルシアンの口調には苛立《いらだ》たしげな刺《とげ》があった。

「重臣の爺《じじい》どもは、何かと言えば夜会にかこつけて、どこぞの姫はどうだの、気に入った娘はいないかなどと、いらぬ世話ばかりだ」

「ルシアン様。お腹立ちはごもっともではございますが」

「私はまだ十七だ。やりたいことは山ほどある。今から世継ぎを産ませるための種馬になるつもりはないわっ」

　サマラとディランはなんとも言えずに互いの顔を見合わせて、内心でため息をついた。

（さぁ食えと言わんばかりに据え膳をごり押しされてもなぁ）

　男の生理はなかなかに複雑であることを重臣たちはもっと気を遣うべきだろうと、ディランは思い。

（この御気性だ。いまだ婚約者も決まっていない状況を思えば重臣方の焦る気持ちもわからぬではないが、押しつけがましさも度を超してしまえば反発するなというのが無理だろう）

　サマラはルシアンの心情を慮《おもんぱか》る。

　とにかく。アスナスの特大の雷が落ちる前に、そろそろ戻ってもらわなければならない。

「だが、まあ、いい。爺どもがそのつもりならば、二度とよけいな口が叩《たた》けぬよう、今宵こそきっちり鼻を明かしてやる」

不穏なことを口にして、ルシアンが片頬で笑った。

＊＊＊

マデリア宮殿。

いつも以上にきらびやかに飾り付けられた大広間では、ルシアンの誕生祝いの夜会が賑やかに催されていた。

「シャガール国メリル国王陛下よりバハート産牝馬《ひんば》十頭。ザナン公国エリアルド殿下よりラッサ織り反物五十反。レイヤード国マヌエラ殿下より翡翠《ひすい》の首飾り。オリリー侯爵様より長剣一振り………」

祝宴には欠かせない儀礼として近隣諸国からの献上品目録の読み上げは長々と続いている。

ルシアンはいかにも退屈そうに銀杯を弄んでいた。

そんなルシアンの様子に、赤い絨毯《じゅうたん》が敷かれた壇の下端で控えていたディランはこっそりともらした。

「見事な仏頂面だな」

「何がだ？」

まさか独り言に返事が返ってくるとは思いもしなくてわずかに眉を寄せて見やると、長身痩《そう》躯《く》のジェナス・レア・リードがいた。二十五歳で宮廷付の薬師まで上り詰めたジェナスはくすんだ金髪に翡翠色の双眸をしており、薬師特有の立て襟で裾の長い平服を着ている。

「なんだ、ジェナス。おまえが夜会に顔を出すなど珍しいではないか。今宵もまた自室に閉じこもって、なにやら怪しげな丸薬作りに勤しんでいるとばかり思っていたのだが」

素で本音がこぼれた。側近であるサマラとは別口で、ジェナスとは軽口を叩き合える仲であった。

「たまには美味い物を食べて滋養をつけないとな。近衛の方々ほどではないが、薬師もそれなりに体力勝負だ。……で？　誰が見事な仏頂面なのだ」

「ルシアン様が、だ」

「……………なるほど。確かに」

ルシアンの前には今年社交界にデビューした令嬢たちが豪華なドレスに身を包み、それぞれの付き添い役とともに列をなしている。目録の読み上げが終わると同時に目通りが解禁されるからである。

「野駆けから戻られて湯浴《ゆあ》みの間中、キラを相手にずっと愚痴っておられたようだ」

その様が容易に想像できて、ジェナスは片頬で笑った。

「いかなルシアン様でも、退屈の虫だけは苦手なのだろう」

口調は柔らかだが、なにやら辛辣《しんらつ》である。暗に、今宵の夜会そのものを何の面白みもない宴だと皮肉っているようにも聞こえてしまうのだった。

冷静沈着が高じて『氷の貴公子』呼ばわりされるサマラとは逆に、愛想はいいが柔和な語り口でときおりしれっと毒を吐くのがジェナスである。ちなみに、ディランは豪放磊落《らいらく》だがたまに無神経だと言われる。

「退屈が高じて爆弾発言でも飛び出さなければいいがな」

ひっそりと、ディランはこぼした。

そんなルシアンの傍らで、キラは促されるままに甲斐甲斐《かいがい》しく酒を注《つ》ぐ。

正装してきれいに髪をなでつけたルシアンが着飾った貴族たちを段の上から睥睨《へいげい》する様を横目でちらちらと流し見るたび、キラは胸をときめかせた。

(あー……。ルシアン様、すごく格好いいなぁ。お側《そば》にいるだけで胸がどきどきしてしまう)

本来、ルシアンの酌係は小姓筆頭が務めるものだが、今夜の祝宴はキラが抜擢《ばってき》された。それだけで、キラは天にも昇る心地だった。

嬉《うれ》しくて。

ありがたくて。

楽しみで。

他の小姓から露骨に睨まれても内心のわくわくが止まらなかった。敬愛するルシアンの一番近くに侍っていられる幸せを噛みしめていた。

美しく着飾った令嬢たちの目通りもようやく一段落したとき、不意にルシアンが言った。

「そういえば、キラ、おまえからはまだ祝いの品をもらってはおらぬな」

「え？　は、はい。何かお望みのものでもございますか？」

突然のことに狼狽《ろうばい》しつつ、キラはその手を止めた。

「望めばなんでもくれるのか？」

「はい。できます限りは」

その言葉に偽りはない。ルシアンのためならば多少の無理はしてでも……。そう思った。

「そうか。では、おまえの操《みさお》をもらおう」

こともなげに口にして、ルシアンは一気に杯を干したのだった。

キラは息を呑んで絶句した。

酒の上とはいえ、満座の席で、今宵の伽《とぎ》を命じられたも同然であった。

それがどういうことか理解できない年齢でもなければ、公の席でそんな冗談を口にするルシアンでないこともよくわかっていた。それが証拠に、周囲はものの見事に静まり返っていた。

「望めばなんでもくれると言ったぞ。よいな？」

目で言葉で、ルシアンが言質を取る。おだやかな中にも拒絶を許さない強いものを込めて。

「ご酔狂もほどほどになされませ」

息が詰まって顔を伏せたキラの背後から、アスナスがたしなめるように眉を寄せた。

「伽をお召しでしたら、女官長に命じて、誰ぞを選んで侍らせまする」

ルシアンはぎろりとアスナスをねめつけた。

「聞こえなかったのか、アスナス。私はキラが欲しいと言ったのだ。その方らが選んだお仕着せの者などなんの興味もないわ」

「ならば、ほかの小姓になされませ。仮にもキラは乳兄弟ですぞ」

「それがどうした。乳兄弟なぞ、もともと赤の他人ではないか。なんの憚《はばか》りがある？」

ルシアンは鼻先で笑い飛ばした。

「ですがっ」

「くどいぞ、アスナス。今宵の伽にどうでもキラを出せぬとごねるのなら、今後いっさい奥《おくの》宮《みや》には行かぬ。差し迫った用向きなど何もないからな」

高飛車に決めつけるでなく、声を荒らげるでなく、だが確固たるものを込めてルシアンは不敵に唇の端をめくり上げてみせた。

「アスナス、私はどちらでも一向に構わぬのだぞ」

元来、ルシアンはひどく禁欲的であった。年齢相応の生理的欲求を女で満たすより、近習たちと野駆けや鍛錬をすることで発散している感があった。

それを案じて何かと画策する奥宮の在り方と、それを黙認する重臣たちを見据え、ルシアンは言外に痛烈に皮肉っているのである。

結局。不承不承ながらアスナスは折れざるをえなかった。ルシアンの挑発にも似た言葉の端々に、まぎれもない本音がちらついていたからである。

その夜遅く。

キラはルシアン付きの侍女や小姓たちの羨望と嫉妬のこもった針のような視線を浴びながら、念入りな沐浴《もくよく》を終えた。そして肌に吸いつくような薄絹の夜着に手を通し、顔をこわばらせたまま、ぎくしゃくとした足取りで半ば背を押されるようにしてルシアンの寝所へと伴われた。

部屋の中に入ると、ルシアンの好きな香《こう》が薫《た》き込められていた。すっきりと甘いローゼリアンの芳香が。

ちろちろと揺れる蠟燭《ろうそく》の灯《あか》りに、夜目にも鮮やかな色彩の寝台が浮かび上がる。その奥で、ルシアンがじっと見つめていた。

背後で静かに扉が閉まる。

(どう……しよう。どうしよう……。ここまで来て、まさか逃げ出すわけにもいかないし)

ルシアンとふたりきり。そう思ったとたん、鼓動が倍にも跳ね上がったような気がして、キラは思わず目を伏せた。清められた肌に優しくまつろう芳香も、四肢のこわばりまでは溶かすことができなかった。

するとルシアンは、いつものようにいたずらっぽく笑ってみせた。

「どうした、キラ。いつまで扉の前にへばりついたままで。誰も、取って食いはせぬぞ」

「――」

「爺どもが何やかやと口うるさく言うのでな、一発かましてやったのだ。見たか？　アスナスの、あの苦虫を噛みつぶしたような顔を」

キラはどういう顔をすればいいのかわからなかった。ルシアンの真意を計りかね、そのままおずおずと目を上げた。

そのとき、ルシアンの闇より深い双眸と目がかち合った。

「――来い」

今度は笑みのない低い声で、ルシアンが促した。

キラはぎくしゃくと歩み寄った。

「あのような酒の席で、こんなふうにおまえをダシに使うつもりはなかったのだ。……すまぬ」

キラの腕をやんわりと摑んでルシアンは言った。

ならば、これはただの座興だったのだろうと頬のこわばりがほっとゆるみかけた――そのとき。いきなり強く抱きしめられて、キラはわけもわからず震える吐息を呑み込んだ。

「シリルは……なんと言った？」

返事に窮してぎこちなく目を伏せた。

後宮を仕切る女官長シリルに『何事もルシアン様の仰せのままに』と、きつく言い含められたからではない。耳朶《みみたぶ》から首筋へと、やわらかく滑るようにルシアンの吐息が絡んできたからである。

ルシアンの小姓に取り立てられてあれこれと身の回りの世話をしてきたが、まだ身分の違いもわからずにルシアンのあとをついて回っていた幼い頃はいざ知らず、こんなふうに吐息が直接肌にふれるほど身体が密着したことなど、ただの一度もなかった。

恐れ多いにもほどがある。

胸の鼓動が一気に逸った。

どきどきと脈を打つそれが喉元を迫り上がって耳鳴りにも似た感覚に囚われたとき。

「誰でもよかったわけではないぞ、キラ。望めば何でもくれると、おまえが言ったからだ。私は、このまま戯言《ざれごと》で終わらせるつもりなどないのだからな」

言うなり、ルシアンはためらいもなくキラの夜着をはだけた。

薄手の夜着の下は素肌であった。下穿《したば》きすらまとっていない。それがするりと足下に滑り落ちた瞬間、差恥よりも先にかすかな怯えがキラの肌を這った。

伽をする。その意味は理解できた。けれど、それはあくまで子を成すために男と女が交わるといった類いのことであり、閨房《けいぼう》における男女の性交がどのようなものか、ほとんど無知に等しかった。

ましてキラは男である。その自分が同じ男であるルシアンに抱かれるという行為がどういうものか、まったく想像もつかなかった。敬愛するルシアンの眼前で裸の我が身を晒《さら》している気恥ずかしさよりも、これからどうなるのだろうという不安で息が詰まり、喉が小刻みに震えてくるのであった。

そんなキラを優しく抱き込むように、ルシアンは寝台に引き入れた。

「なぜだろうな。女を抱くよりも狩りをしているほうが性に合う。なのに、この頃、おまえを見ていると無性に血が騒ぐ。おまえのことを想うと、どうしようもなく身体中の血が疼いて眠れなくなる」

熱く、甘い囁《ささや》きであった。

余韻の薫る唇でしっとりと唇をふさがれたとき、キラは頭の芯で何かが弾けるような音を聞いたような気がして思わずきつく目を閉じた。

優しい口づけであった。唇を重ね、やわらかく吸っては離れ、キラの銀髪の手触りを確かめるように撫《な》でながら、またふれる。キラの身体からこわばりが抜け落ちるまでゆったりと何度も……。

促されるままに、キラはうっとり身体を預けた。

初めて交わす接吻の、甘くやわらかな心地好さ。そうしているうちに、いつしか身体の震えも止《や》んだ。

ルシアンは唇の端に笑みを刻んでキラを見つめた。男というにはしなやかすぎるキラの腰に手を回し、しっかりと腕の中に抱き込むように身体を密着させて深く唇を合わせるなりきつく貪った。

ルシアンにとってキラは、生まれたときから誰よりも身近にいる乳兄弟であった。

イリスは実妹であったが、七歳の誕生日である『祝儀』をもって王家の姫としての淑女教育が始まり、それまでのように三人そろって無邪気に転げ回って遊ぶこともなくなった。

それが、王族としての仕来《しきた》りである。妹であっても王家の姫であることが優先される。

ルシアンとしても特にそれが寂しいという思いはなかった。イリスは輪の中から抜けてしまったが、ルシアンにはキラがいたからだ。

次期国王としての帝王学を学ぶという時間の制約はあったが、基本、キラがルシアンの遊び相手であるという認識は暗黙の了解でもあったからだ。

乳兄弟という特別な距離感は、ルシアンの中では揺るぎのない絆になっていた。

実妹と過ごす時間よりもキラといる時間のほうが長い。愛着がわくのも当然である。キラの母アーシアが流行病で亡くなってからはなおさらのことだった。

どこもかしこも小作りで、可愛い。

邪気のないしぐさが、あどけない。

よく回らない口で『るーしゃま』と自分を呼ぶ笑顔が、愛らしくてならない。

弟のように。弟以上に——愛《いと》おしい。

キラの笑顔を独り占めにしたい。愛らしいキラを誰にも渡したくない。そう思うのに時間はかからなかった。

身体の中に流れる北国ラツカの血が血を呼ぶのか。愛着が執着に取って代わるのも自然の成り行きだったのかもしれない。

なぞる指の腹に吸いつくような肌理《きめ》細かな肌合いに、ルシアンは今の今まで誰にも感じたことのない、芯から血がざわつくのを感じた。

なめらかな白い肌。

か細い喉。

淡い色の乳首……。

ましてや、いまだ熟《う》れきらぬ股間のそれを目にしたとき、ルシアンは身の内に潜む欲望が喉元まで迫《せ》り上がってくるような気がして、思わずごくりと喉を鳴らした。

同じ男であっても、いまだ雄《男》にはなりきれていない少年。そう思っただけで、愛撫《あいぶ》の手にも、吐く息にも、箍《たが》の外れかけた情欲が滲んだ。

ルシアンの手が内股を這い上がり、股間のものを弄《まさぐ》るように握り込む。

キラははっと双眸を見開いた。

驚愕よりも、身体が芯から痺《しび》れるような差恥に弾かれ、声にならない悲鳴を上げ、身をよじった。……が、股間に絡みついたルシアンの手はわずかにゆるみもしなかった。

「お…おはな、し……くださ…い……」

消え入るかのようなか細い声で、キラは哀願した。

「何を、だ?」

軽く耳朶を噛みながら、ルシアンは手の中のものを撫でるように揉んだ。

「いっ…いやっ!」

差恥に跳ねる声音が、銀髪を乱してピクリと震える喉の白さが恐ろしく扇情的であった。

「お、おゆる…し、を……おねがい…で……ござい…ます……」

かすれ声を詰まらせ、キラはなおも身体を縮めた。

「ならぬ。おまえは私のものだ。手も足も、銀の髪も、唇も……。それとも、おまえは、私のものになるのは嫌か?」

キラはぎこちなく頭を振った。

ルシアンは唇の端をわずかにめくり上げた。そして、その耳元で甘蜜よりも甘く囁いた。

「ならばこれも、私のものであろう? 清童でなくなるためにはな、キラ、誰でも、こうして……可愛がってやるのだ」

「〜〜〜っ!」

キラは羞恥の悲鳴を呑み込んだ。喉がひりつき、声が出ない。代わりに耳の付け根まで真っ赤に染めた。

それは、人の目にふれてはならない恥部であった。そこを敬愛するルシアンの手で思うさま弄ばれて羞恥の極みに火柱が立った。

ルシアンは血がたぎるような情欲を掌《てのひら》に込めてキラを嬲《なぶ》ることに、わずかなためらいも見せなかった。

想いのこもった口づけが降るたび、キラの白い肌のそこかしこで深紅の華が咲く。

愛撫の手は、濃厚かつ執拗《しつよう》だった。

ゆうるりと。

……………きつく。

撫でるように。

あやすように。

……………絡みつく。

指の先で。

掌で。

つまみ……揉み……扱《しご》く。

ルシアンは急かなかった。逸る想いに身体は熱く疼いても、それに引きずられることなく、

今はただキラをいかせることに熱中した。

キラの精を我が手で散らす。それに勝る喜びはない。

哀願の声はとうにかすれ、震え、やがて、吐く息にさえ小刻みな喘ぎが走り、キラを狂わせていく。

股間が芯から灼《や》けるような錯覚に思わず声を上げた。そこできりきりに引き絞られた熱が背骨を舐《な》め上げて渦を巻き、眉間でいきなり大きく弾け、わけもわからないままに四肢をこわばらせてのけぞった。

鼓動といわず、血といわず、すべてがその一点に凝縮されてほとばしる、えも言われぬ絶頂感……。

何がどうなったのか、キラにはよくわからなかった。ただ、けだるいばかりの浮遊感に身も心も痺れ、そのままとろけてしまいそうであった。

両の足首を摑まれて高々と抱え上げられたときですら、キラの意識はふよふよと宙を漂っていた。

あられもなく、晒け出される秘肛《ひこう》。

自分では見ることも叶わない後蕾《こうらい》にぬるりとした花蜜《潤滑油》をたっぷり塗り込められて初めて、キラは身を竦ませた。

ルシアンは若く、しかも猛々《たけだけ》しかった。

秘肛を裂き、肉を抉って深々と打ち込まれる熱き楔。

ぎしぎしと背骨が軋んだ。

ふたつに折られた両足の爪先まで激痛は走る。

その容赦ない耐え難さに、キラは恥も外聞もなく悲鳴を上げた。

生殖という大義名分のない性交であった。男と女……その摂理を無理にねじ曲げてのまぐわいであった。

キラは。ルシアンは。そこに何を見、何を求めたのか。

純愛――――か。

運命――――か。

いずれにせよ、キラとルシアンの身分違いの恋情は、何もかもが未熟なうちに身も心も結びついてしまったことだった。

互いの瞳に映る想いは深く、激しく、なんの打算もない。互いを見つめる情愛だけが、静かに魂を搦め捕る。

夜ごとに交わされる口づけは、甘美な酒であった。しかも、身体を重ねて囁く睦言はとろけんばかりに熱い。

が……しかし。美酒も過ぎれば毒になる。深すぎる執着は厄介事を生む。

周囲の者がそういう危惧を覚え、眉を寄せて囁き合うほど深く、ふたりは互いにのめり込んでしまっていた。

ルシアンのキラに対する寵愛《ちょうあい》は、日増しに熱くなるばかりであった。人目も憚《はばか》らずに濃厚な接吻を求めてくる情の強さは重臣たちの苦りきったため息を誘った。

「ルシアン様はまたキラを寝所に連れ込んでおられるのか。まったくもって嘆かわしい。シリル殿はいったい何をやっているのだ」

アスナスの苦り切った毒舌は止まらない。


「見目麗しい娘を選んで伽に差し出しても見向きもなさらず、早々に寝所から追い払われてしまわれるのですよ？　そんなことをすればまるで当てつけるようにキラとともに何日も部屋にこもってしまわれて………。これ以上、何をどうせよとおっしゃるのですかっ」

女官長であるシリルは唇の端を歪めて声を荒らげる。

「想いは深く、激しく、なんの打算もない。……というところか。初めは、口うるさい重臣方に対するただの当てつけだとばかり思っていたのだがな。なんとも厄介なことになってしまったものだ」

近衛騎士ディランはなんとも言い難いため息をもらす。

「人間誰しも、欲得ずくで人を愛するわけではなかろう。周りがどうあがいても惹かれ合わずにはいられない、そんな巡り合わせとしかいいようのない出会いも確かにあるのだから」

傍観者を気取るわけではないが、他人の色恋に口を挟めばろくなことにならないとばかりに宮廷薬師ジェナスは静観する。

「身体を重ねて囁く睦言はとろけるように甘いが、執着も過ぎれば毒にしかならない。かといって、今更、ルシアン様相手に誰がそんな説教がましいことを口にできるというのだ。いったい、どこの誰が」

近習筆頭と言われるサマラは憂慮しないではいられない。

「誰に何を言われてもいい。ぼくはただルシアン様のお側にいて、ルシアン様と同じものを見ていたい。このレア・ファールカ以外にぼくの家はなく、血筋を頼る身内もいない。そんなぼくをルシアン様だけが必要だといってくださる。だったら、ぼくは心を込めてお仕えしたい。出過ぎず、驕《おご》らず、邪《よこしま》な欲に流されることなく……。ルシアン様をお慕いすること以外、何も望みはしないから」

キラは決意も新たにしっかりと前を見据えた。

「おまえがいい。キラ……おまえだけでいい。おまえしか——いらぬ」

帝王ルシアンはその言葉に揺るぎのない想いを込めた。

さまざまな人の思惑を孕んで、それでも、一応の平穏は保たれていた。

ルシアンの寵に驕ることなく節度をもって仕えるキラの聡明《そうめい》さが、政道の上に波風を立たせなかったからである。

そんなキラだからこそ、

「あれが、ジオ一番の寵童だ」

そう言わしめる栄華は不変だと、誰もが信じて疑わなかった。そう、あんなことが起きるまでは。誰も……。

人の世の命運は、希有なる『予知者』にすら、手の内のすべてを明かすことはない。

何が真実で、どれが偽りなのか。

運命の扉は前ぶれもなく開き、そして閉じるものなのだろう。

一見平穏そうに見える日々の幸福も、ただ運の巡り合わせがよかっただけのことで、今日の幸せが明日へ繋がるとは限らない。その日、あの瞬間まで、キラはただの一度もそんなふうに考えたことはなかった。

§ 恩讐《おんしゅう》 §

キラ、十六歳。

名前も知らない父親の血より、北国ラッカの神官の娘であった母アーシアの面影を色濃く残すキラは、ほかの小姓たちが年ごとに少年期から青年へと変貌を遂げるのを横目に、ひとり時の流れに乗りそこねてしまっているようにも見えた。

色白で、ほっそりと、しなやか。だが、それは決して軟弱すぎて優柔不断といった脆弱《ぜいじゃく》さではなかった。

事あれば、小姓といえども剣を片手に命を張らなければならない。ほかの誰よりも近くルシアンのそばで仕える身だからこそ、そういう気概や素質を含め、家格のある貴族の子息が小姓に選ばれるのである。格式と出自という点を除けば、キラは誰に劣るわけでもなかった。

しかしながら、他人目《ひとめ》には、キラのしなやかな手には剣を握るよりも竪琴《たてごと》を爪弾くほうが似つかわしく映るのも、また、隠しようのない事実であった。

＊＊＊

その日。

恒例の朝議を終えてルシアンが自室に戻ってきたのは、陽《ひ》が中天に差しかかる頃であった。

眉間に縦皺《たてじわ》が寄っている。ずいぶんと機嫌が悪そうだ。

（また、アスナス様たちとやり合ったのかな）

従者であるキラはルシアンの上着を恭しく脱がせながら惟《おも》みる。

政治のことはよくわからないが、宮中の噂《うわさ》でちらほらともれてくるのは国境沿いの西の要であるソリテアのきな臭さであった。

「何か、お召し上がりになりますか？」

時間も時間だから腹も空《す》いているだろう。軽食を摘まむくらいならばすぐに用意ができる。

とりあえずは喉を潤してもらおうと水差しから果実水を注いで差し出しながら、長椅子にどっかりともたれたルシアンに伺い立てると。ぐいと一気に飲み干したルシアンは、

「癒《い》やしが足りない」

ぼそりともらしてキラを腕の中に抱き込んだ。そして、ひとしきり口づけを貪ると、キラの髪を指に搦《から》めて弄《もてあそ》びながら深々とため息をついた。

「まったく、頭の固い爺《じじい》どもの相手は疲れる」

それが本音なのだろうが、うかつに相槌《あいづち》を打つわけにもいかず、キラは無言でルシアンの腕をそっと撫《な》でた。

「近々、西の砦《とりで》に視察をやることになりそうだ」

「……ソリテアでございますか？」

「そうだ」

ルシアンはあっさりと首肯する。

「今のところ大事ないが、あそこは西の要でもあるからな。常に、目は光らせておかねばなるまい」

ルシアン自らが視察に出向くことはなさそうだがなんだか妙に落ち着かないのは、噂が現実的になっているからだろう。

「どなたが行かれるのでしょう？」

つい口にして、はっと口をつぐむ。従者には過ぎた差し出口だった。

「アジマを向かわせようと思っている」

ルシアンは咎《とが》めるどころかポロリとその名前をもらした。

どきりとしたのは、その名前に聞き覚えがあったから……だけではない。別の意味で、少々気がかりがあったからだ。

「アジマ殿……でございますか？」

「なんだ。アジマを知っているのか？」

訝《いぶか》しげにルシアンが問う。

「え？　は……はい。先日、ディラン殿の代わりに剣の稽古をつけていただきましたので」

でまかせではない。

「……そうか。ならば、ディランと違って、少しは手加減をしてくれただろう」

「いいえ。近衛の方々は皆様、みっちりとしごいてくださいます」

キラは鍛錬の厳しさを思い出してほろ苦く笑う。おかげで、少しは様になってきたのではないかと思うキラだった。

「怪我《けが》をせぬよう、ほどほどにな。おまえのこの手は剣を持つより竪琴を爪弾くほうがずっと似つかわしい」

ルシアンはキラの指を掴《つか》んでそっと口づけた。

＊＊＊

マデリア宮殿、近衛騎士団の練兵場。

ディランは鍛錬用の木剣でもってキラと打ち合っていた。

「どうした、キラ。いつまでたってもそんなへっぴり腰では情けないぞ。もっと脇を締めろ。

踏み込みが甘いっ」

ディランの打ち込みに、キラは必死に食らいついていた。端《はた》から見れば新兵に対するしごきに見えないこともないが、ディランが平素の力の半分も出していないことは誰の目にも明らかだった。

「ほら。……右っ。……左っ。引くんじゃない！　そうだ。返しはもっと早くッ」

カン、カン、カン――――。打ち合う声とともに、ディランの怒声が容赦なく響く。

そんな二人の様子を、サマラとジェナスが見ていた。

「ほぉ……。意気込みが違うと、さすがに飲み込みが早いな。少しは様になってきたのではないか？」

飄々《ひょうひょう》とした口ぶりでジェナスが言うと、サマラはむっつりと眉を寄せた。ジェナスの言いようでは、まるで、以前からふたりの鍛錬の様子を見知っていたように思えたからだ。

「よいのか、ジェナス。弟子たちが薬草園で忙しくしているというのに、こんなところで油を売っていても」

「そういうおまえはどうなんだ。ルシアン様の懐刀がそうそう勝手に出歩いては執務が滞ってしまうのではないか？」

「そのルシアン様が、様子を見てこいとの仰《おお》せだ」

「………なるほど」

キラが剣の鍛錬を申し出たとき、ルシアンは渋った。ルシアンの身の回りの世話を取り仕切っているキラに、今更そんなものは不要だと思っていたからだ。

だが、結局はキラの熱意に折れた。

「ディランに口出しはしないとおっしゃられた手前、ご自分で鍛錬場に足を運ばれるのは憚《はばか》られるらしい」

「打ち身に生傷の絶える間がなければ、いかにルシアン様といえども気が気ではない……というところか」

「己のことでルシアン様によけいな気遣いをさせたくないというキラの気持ちもわからぬではないがな」

はっきり言わせてもらえば、キラに剣の才能はない。人には向き不向きというものがあるのだから、できれば無謀な真似《まね》はやめてもらいたいというのがサマラの本音だった。

キラが鍛錬に出向く時間になると、ルシアンが気もそぞろになる。それを隠そうともしないのがルシアンらしいと言えばそれまでなのだが。

「それも仕方があるまい。なにしろこの三年間、ルシアン様のご寵愛《ちょうあい》は薄れるどころかますます深まるばかりだ。それを妬む輩《やから》も増えてくる。今のうちにしっかりとした護身術を会得しておいたほうが賢明だろう」

北国ラツカの神官の血筋とはいえ、ジオにおいてはただの乳兄弟。キラの身分はなんの後ろ盾もない平民である。

身分格差が厳格な王宮において、たわいのない嫌がらせは日常茶飯事である。

寵愛されるということは、そういうことでもある。

今のところ、キラは上手《うま》くあしらってはいるが。妬みや嫉《そね》みが高じて大事にならないとも限らない。ルシアンにしてみればまさに痛し痒《かゆ》し……というところなのかもしれない。

「ぬくぬくと真綿で包まれて愛されるよりも、まずは自分の足できっちりと立っていたい。それがキラの男として……いや、人としての矜持《きょうじ》なのではないか？」

ジェナスの言うとおりなのだろう。

寵童と呼ばれてなお、驕《おご》らずに自分の立ち位置を見定める。それがキラの本懐なのだろう。賞賛に値する思慮分別である。

しかし。

「だが、ジェナス。人の心は時とともに移りゆくものだ。わたしはそれが裏目に出たときのことを思うと……ぞっとする」

人は、それを『よけいな取り越し苦労』と言うかもしれない。ただ、サマラは近習筆頭としてあまりに深すぎるルシアンの情愛の在り方をつぶさに見ているだけに、どうしても一抹の不安を感じないではいられなかった。

政務に疲れた癒やしの時間——などと言い訳がましいわがままを平然と押し通して、庭園の中にある四阿《ガボゼ》でふたりが身体《からだ》を寄せ合って過ごしているのはもはや公然の秘密である。あまりにも堂々としすぎて、表だっては誰も突っ込めない。

さすがに、野外でいたすような無分別ではないようだが、それでも、ルシアンがキラに向ける笑顔には嘘《うそ》がなく、キラもまた敬愛のこもった眼差《まなざ》しでルシアンを見ているのがよくわかった。

キラといるときのルシアンは完全に寛《くつろ》いでいる。それが誰の目にも明らかだった。

愛が重いとその反動も大きい。

ただの杞憂《きゆう》として切り捨てるには胸がささめくのだった。

そんなサマラの視線の先では、キラとディランの鍛錬と言う名の打ち込みが続いていた。

「ほらほら、目を逸《そ》らすなっ。足が止まっているぞっ」

鋭く攻め込まれて、キラが思わず腰砕けになった。

「う……わっ」

剣が弾《はじ》かれて手から落ち、同時に、キラはどっと尻餅をついた。

キラの息はすっかり上がってしまい、はぁはぁと肩で喘《あえ》いでいる。

「まだまだだな、キラ」

「は…い。申し訳……ありま、せん」

すぐに立ち上がれないほどに、足にも疲れの限界がきているのだろう。顔だけ上げて、キラが言った。

「次は明後日だな。同じ時間に来るがいい」

吐息すら整わないキラに素っ気なく背を向けて、ディランはゆったりと踵《きびす》を返した。

「ディランも、少しは手加減をしてやればいいものを」

ため息まじりにジェナスがもらす。

「鍛錬場に来て剣を振るうならば、誰が相手でも半端なことはしない。それがあいつの近衛としての矜持だろう」

それでも、怪我をさせないように気を配ることができるのもまた、ディランらしいと言えばらしいのだが。

＊＊＊

満月の夜であった。

闇空を蒼白《あおじろ》く染めて輝く大輪の月は、まさに天上を彩る星々の燦《きら》めきを従えて光り輝く夜の女王であった。

きれいに剪定《せんてい》された中庭の茂みはこそともしない。ときおり、どこからかかすかな虫の鳴き声が聞こえるだけ。

そんな中庭を一望できる西塔のバルコニーで手慰みに母の形見である竪琴を爪弾きながら、キラはふと、その視線を小離宮《サドリアン》へと向けた。

(今頃、イリス様はサドリアンで………)

中庭の奥まった先にある小離宮では、イリスが、想《おも》い人の近衛次官であるアジマ・デ・ワーリッツを待っているはずであった。

(本当に、これでよかったのだろうか)

今になって、キラは後悔しはじめていた。

『お願い、キラ』

イリスの切羽詰まった顔が脳裏にちらついてどうしようもなかった。

イリスがアジマに恋心を募らせているらしいことは、キラもうすうす気付いてはいた。しかし、ソレル王家の姫としてそれが身分違いの恋であることは誰よりも自覚しているだろうし、いずれ時がたてば自然に熱も冷めるだろうとも思っていた。それゆえ、ふたりが密《ひそ》かに逢瀬《おうせ》を重ねているらしいとの噂話が耳に入ってきたとき、キラはひどく動揺した。

他国からのイリスへの求愛や縁談は、それこそ山のようにある。ルシアンが大事な妹のためにと、慎重の上にも慎重を重ねて内々で幾つかに絞りこんでいることをキラは知っていた。

いくら乳兄弟であるとはいえ、我が身のことを思えば、イリスに差し出がましい忠告などできるはずもなかった。

ただ、同い年のあの可憐《かれん》でたおやかな姫のどこにそれほどの情熱があるのかと、幾度も重いため息がもれた。そうしてはルシアンの顔を思い浮かべ、やはり血は争えないものなのだろうかと静かに目を伏せるのだった。

アジマがルシアンの勅令を受けてソリテアの地に赴くのは、今夜半である。行けば、まず一年は帰っては来られない。そういう任務であった。

『わかっています。この想いが叶《かな》うはずはないのだと、わかってはいるのです。でも……わかっていても、どうしようもないの。キラ、あなたなら、わたくしの気持ちをわかってくれるでしょう？』

イリスの苦しげな声が甦《よみがえ》る。

『だから。せめて夢でいいのです。それよりほかに何も望んではいけないのなら、ひとときの甘い夢を見ていたいのです』

ひとときの甘い夢。

ルシアンとの身分違いの恋にのめり込んでいるキラにとって、それはまるで、我が身につまされるような言葉だった。

『お願い、キラ。今夜遅くにはもう、あの方はレア・ファールカを出立してしまわれるの。だから、最後にもう一度だけ……。お願い。サドリアンでお待ちしておりますと、あの方に伝えて』

懇願するイリスの思いつめた顔が瞼《まぶた》にちらついて、苦いものが込み上げた。

もしも、このことがルシアンの耳にでも入ればただでは済まないと知りながら、ほかに頼める者がないのだと必死にかき口説くイリスを相手に、キラはどうしても否とは言えなかったのである。

けれども、時間がたつにつれて。本当にこれでいいのか？　もしかしたら、自分はひどい間違いを犯してしまったのではないか？　その不安と後悔に胸を掻《か》きむしられるようで、なんだか、どうにも腰が落ち着かないのだった。

そんなときである。中庭を横切る燈火《ランタン》を見てしまったのは。

思わずバルコニーの手すりから身を乗り出して目を凝らせば、人影が見えた。

（もしかして……。あれはルシアン様？）

笑い声だけとはいえ、ルシアンの声を聞き間違えるはずもなかった。しかも、その一団は小離宮へと向かっているようにも見えた。

キラはぎくりと頬をこわばらせ、竪琴を置いて一目散に駆け出した。

＊＊＊

そのとき。

ルシアンは側近であるサマラとディランを連れて中庭を歩いていた。重臣たちとの長議であった議案のひとつがようやく解決し、久しぶりに気の置けない近習ふたりと簡単な会食を済ませ、そのまま庭に出てきたのだった。

ただの気まぐれな夜の散策であった。

満月があまりにきれいだったから……かもしれない。

燈火を捧《ささ》げ持っているのはサマラである。

「そうか。モリガンはアドリア伯爵の末娘を娶《めと》るのか」

ルシアンが感慨深げに口にする。

「はい。少々歳《とし》の開きはございますが、なかなかの熱愛ぶりにございます」

「あやつもずいぶん浮名を流していたようだが、とうとう年貢の納め時のようだな」

「そのようです」

「まぁ、目出度いことに違いはない。本人は不在だが、祝杯の一杯も上げたいところだな」

「では、このまま久しぶりにサドリアンまでいらっしゃいますか?」

「そうだな。それも悪くはあるまい」

「サドリアンには辛口の酒がそろっておりましたな」

「では、飲み直しといたしましょう」

和気あいあいと、一行は歩いて行った。

＊＊＊

小離宮へと続く小径《こみち》を、キラは月明かりだけを頼りに走った。

早く。

早く。

少しでも、早く。

気ばかり急《せ》いて、息が切れる。

そうして、目当ての場所にやってくると扉をそっと開いて。

「イリス様……。イリス様………」

あたりを憚るように低く呼びかけた。

返事がない。ためらいながらも、キラは足音を忍ばせて奥へと進んだ。

「イリス様。…………キラです」

再び呼びかける。

「キラ？　…………なぁに？」

どこかけだるげな、かすれた声が返ってきた。

「人が参ります。お早く」

口早な囁《ささや》きに弾かれ、イリスがあわてて身繕いをして出てくる。ちらりと中を窺《うかが》ったキラは、そこにアジマの気配がないことを知り、とりあえずほっと胸を撫で下ろした。

「……キラ?」

どこか不安げなイリスの声に。

「さぁ、参りましょう」

キラはイリスの手を取って、足早にその場を離れた。

普段のキラならば、絶対にそんな振る舞いはしない。けれど、今は、ゆっくり待ち構えている時間がなかった。

どこに、どんな人の目があるかわからない。どれほど神経を使っても使いすぎるということはない。気ばかりが急いた。

ルシアンたちが小離宮へと向かっていることを思うと、一刻も早く立ち去りたかった。

キラとイリスはしっかりと手を取り合い、小走りに歩いた。できれば走りたかったが、長衣姿のイリスを走らせることなどできなかった。

だが。淑女であるイリスにはそれすらもが負担なのか。

「キラ……。待って………。そんなに早く、歩けないわ」

大きく胸を喘がせてとうとうイリスが音を上げた。

「もう少しです、イリス様。この先を抜けてしまえば………」

キラがイリスを気遣ってその名前を口にした。

………………そのとき。

「何奴《なにやつ》だっ！」

横合いから、いきなりの恫喝《どうかつ》を浴びせられた。心の臓を鷲掴《わしづか》みにされたような気がして、ふたりは思わず立ち竦《すく》んだ。

ザッ。

ザッ。

ザザッ！

迫りくる足音にイリスは怯《おび》え、キラの腕にしがみついた。

そこへ、いきなり灯《あか》りを突きつけられて。そのまぶしさに。

「――――ッ」

「きゃっ」

ふたりは同じように顔を背けた。

刹那、サマラの口から驚きの声がもれた。

「キラ？　……イリス様？　こんな夜更けに、いったい何を………？」

その背後から、ルシアンとディランが駆け込んできた。

「サマラっ、くせ者はっ？」

ディランもふたりに気付いて、思わず息を呑《の》んだ。

「サマラ、くせ者を捕らえたか？」

ルシアンがディランの肩を押しのけるようにして前に出る。

「キラ？　ここで何をしている？　ん？　………イリス？」

ルシアンの目を直視できずにキラがうつむき、その腕にすがってイリスが震える。

「おまえたち………。どういうことだ、これは」

問いかけに怒気がこもる。

すべての目が、時間が、そこでシンと凍りついた。

それを、不意にルシアンが弾いた。

〝パシーンっ！〟

闇を裂いて、キラの頰が鳴った。

愛と運命が交錯し、憎悪を産み出す音だった。

＊＊＊

イリスは自室に押し込まれるなり、手荒に長衣を剝《は》ぎ取られた。素肌に夜着とおぼしき薄絹を羽織っただけの姿に、ルシアンの眦《まなじり》が険しく切れ上がった。

「ソレルの姫が、いつから遊女《あそびめ》ごときに成り下がったのだ、イリス」

「陛下っ！　そのようなお言葉……。あまりと言えば、あまりのおっしゃりようではございませぬかっ！」

必死に取りなすイリス付き女官のアズリを一喝で退け、ルシアンはイリスの顎をきつく摑んで引き上げた。

「いつからだ？」

今まで一度として見たこともない兄王の狂暴な顔つきに、イリスは芯から竦み上がった。

（キラ……。キラ……。助けて、キラ）

それだけを思った。

「キラとは、いつから乳くり合っていたかと聞いている」

凄《すご》みのきいた声音の低さであった。

怯えと後ろめたさに喉がひりつき、なんの弁解もできないまま、イリスは顔を伏して泣きじゃくった。

（お願い、キラ。助けて……。お願いよ、キラ）

イリスは、キラならば何もかも上手く執り成してくれるに違いないと、震える唇を嚙《か》みしめてそればかりを願った。愛してやまないキラの言葉ならば、兄の怒りも少しは収まるに違いないと。我が身可愛《かわい》さのあまり、イリスはそれが取り返しのつかない間違いであることに気付きもしなかった。

「泣けば許されると思うなよ、イリス。このような裏切り、絶対に許さぬ。覚悟しておけ」

身体の芯から凍えるような恫喝を残してルシアンが去っても、イリスはただ泣きじゃくることしかできなかった。

そして、キラは。イリスとの関係について烈火のごとく問い質《ただ》すルシアンを前に、頭が芯からぶれるほどのきつい平手打ちを何度食らっても、堅く口をつぐんで何も答えようとはしなかった。それがルシアンの怒りを煽《あお》り立てると知りながら、いずれ、イリスが自分の口で事の成り行きを語るものと信じ、かたくなに沈黙を守った。

イリスはキラに望みを託し、キラはイリスの心情を思いやって口を閉ざした。そのすれ違いがあらぬ方向へ運命をねじ曲げていこうなどとは、思いもしないふたりであった。

人の心とは、不安定に揺れ動く天秤《てんびん》のようなものである。激情に流されてどちらかに大きく振り切ってしまえば、真偽を見分ける目もかすむ。

ルシアンはキラとイリスが口裏を合わせたように沈黙する様に激怒し、狂ったようにキラを責め立てた。

愛する者たちに裏切られたのだという思い込みと怒りと絶望、愛するがゆえに底無しの憎悪が渦を巻いた。

それに耐えかねてキラが口を開いたときにはもう、弁解の余地すら与えられなかった。

「イリスとふたりして、よくも謀《たばか》ってくれたものだ。ただ責め殺すだけでは飽き足らぬわっ」

「ちが、う……ルシア…ンさ…ま……お、ねが…いで……す………」

地下牢の一室で小手高に吊《つ》るされたまま、半ばうわ言のようにキラは哀願した。

(イリス様……。ぼくの言葉はもう、ルシアン様のお心には届きません。だから、お願いです。どうか……どうか、真実を………。イリス様の口からはっきりおっしゃってください)

小離宮のことはただの勘違いなのだと、イリスの口から真実を語ってほしかった。

そんなキラの酷《ひど》いありさまを目にして、イリスは顔を引き攣《つ》らせた。そのとき初めて、イリスは己のあやまちに気付いた。

頬はこけ落ち、銀髪を血に染め、ましてやみみず腫《ば》れの残る身体の惨《むご》たらしさは、とても正視に耐えられるものではなかった。

その熱愛ぶりにときには嫉妬を覚えたキラにすら、これほどの責め苦を科す兄が心底怖かった。これがアジマであったなら……。そう思うよりも先に、これはただの間違いなのだと告げる勇気がなかった。

今更………。

どうして………。

真実を口にできるだろう……………。

最愛のキラをこれほどまでに嬲《なぶ》り、あらん限りの憎悪をぶつけて責め苛《さいな》む兄を前に、今更何が言えようか。

今、ここで真実を告げたなら、兄の激怒は、憎悪は、倍になって我が身に降りかかってくるのではないか。それを思うと、失《う》せた血の気も凍りつくような気がしたのだった。

イリスは矢も盾もたまらず、すべてのことから目を背けた。身勝手は百も承知で、だが、その罪の重さがどれほどのものか深く考えもせず、キラの哀願に耳を塞《ふさ》ぎ、引き攣る唇で真実を噛み殺した。

＊＊＊

キラが鞭《むち》打たれて絶叫する様を目の当たりにしてどうする術《すべ》もなくただ不様に立ち尽くすしかないディランは、ぎりぎりと奥歯を軋《きし》らせた。

「なぜ、だ」

「耐えろ、ディラン」

声音低く、サマラが窘《たしな》めた。

「耐えろ？　莫迦《ばか》げているだろう、こんなことは。許されることではないっ」

憤激を込めてディランは唸《うな》った。

「ことはすでに動き出してしまったのだ。今更、後戻りはできぬ。我らは……大義名分のためにキラを捨て石にするのだからな」

サマラの口調は苦渋を通り越して罅《ひび》割れていた。

色恋は、当人同士がどれほど気を遣って人目を忍んでも、目に出る。素振りに滲《にじ》む。ふとしたはずみに口をつく。火のないところに煙は立たないものなのだ。

人目を忍びイリスと逢瀬を重ねていた真の相手が誰であるかを知る者たちは、皆、陰で一様にキラの不運を嘆いた。常日頃、ルシアンのキラに対する執着を快く思わない者ですら哀れみの目を向けた。ルシアンの怒りはそれほどまでに凄《すさ》まじかったのである。

彼らは、イリスが乳兄弟であるキラよりも恋情《アジマ》を選んだのだと思った。恋する乙女の純愛と打算。そこになんとも言い難いしこりは残っても、誰もそれを口に出して責めようとはしなかった。

なぜなら。彼らにとってキラは、どうにもしがたい目の上の瘤《こぶ》であったからだ。

寝耳に水の出来事に対処するために急遽《きゅうきょ》召集がかかった朝議の席で。

「よいな？　元はと言えばイリス様の軽はずみな愚行が招いた事の顛末《てんまつ》だ。姫様にも、それなりの泥をかぶっていただく」

宰相アスナスは眉間に深々と縦皺を刻んで重々しく言った。

だが、それは、ディランを激昂《げきこう》させただけだった。

「しかし、それではあまりにっ……。キラに、いったい何の咎めがあるというのですかっ」

「大事の前の小事だ。そのような些末《さまつ》なことに構っている暇はない」

アスナスは一言のもとに斬り捨てた。ルシアンがキラを寵愛するあまり妻さえ娶ろうとしない現実を、常々憂えていたからである。

「人ひとりの人生がかかっているのです。それを、たかが小事とおっしゃるのですかっ？」

「そうだ。今まで、そしてこれからも、キラがおそばに侍《はべ》っている限り、ルシアン様はどれほど美しい姫君であっても目もくれまい。御年《おんとし》二十歳も過ぎたというのに、女《おなご》の肌にもふれぬご寵愛ぶりだ。このままでは、代々直系男子をもって帝位を継いできたソレル王家の血が絶える！」

アスナスたち重臣は、これを機に、ルシアンの心がキラから離れて異性へ移ることを切望してやまなかった。

「そのために、イリス様ともどもキラを見殺しにせよと仰せですか？」

冷えた声でサマラが言った。

「そうだ。今はまだその兆候《きざし》はないにしても、この先、キラを介してルシアン様に取り入ろうとする不徳の輩が現れないとは限らない。いや、キラ自身が政道を左右するしこりにならないという保証はどこにもない」

ルシアンのキラへの執着ぶりには、彼らにそんな危機感をいだかせずにはおかないほど熱く激しいものがあった。

「ならば、禍根の根は絶っておくのが臣下としての当然の務めであろうが」

「そのためには、人としての良心は捨ててもよいと？」

「サマラ。ふたつが並び立たないのであれば、良心を捨てても大義を取らねばならぬ。決断とは、そういうものだ」

「人の道に外れた大義であってもですか？」

「くどいぞ、ディラン。大義は大義だ。それ以外の何物でもない」

アスナスはきっぱりと言い切った。

「いずれ、他国との婚儀が整えば、イリス様はこの国を出て行かれる御身分。ならば、ジオの輝かしき将来のために、キラにはどうでも捨て石になってもらわねばならぬ」

「それで、ルシアン様のお心にどれほどの傷を残そうとも……ですか？」

感情を殺したサマラの問いかけであった。

できるものなら、ルシアンには異性とのまっとうな恋愛をしてもらいたい。それが、サマラの偽らざる気持ちだった。

だが、こんな形でキラを排除することを願っていたわけではない。――では、どういう形であれば納得できるのかと問われたなら、言葉に詰まるだけだったが。

「傷は、時とともにいつか癒えるものだ」

アスナスは苦汁を飲み干すように言った。

重臣一同は今回のことが天啓にも思えたのである。すべての懸念と不穏を払拭《ふっしょく》するための、願ってもない打開策であると。それで多少は良心が痛んでも、ジオの未来という大局のためには小事に過ぎないと。

それゆえ、犯した罪に怯えて悩乱するイリスに、彼らは噛んで含めるように力説した。

すべてはジオの繁栄のためであると。いったん嘘でねじ曲げてしまった真実は、もはや、どうやっても元にはもどらないのだからと。

ルシアンだけが真実を知らなかった。いや、激昂するあまり、目に映った事実の裏に秘された嘘と忠義の名の下に塗り固められた打算に気付こうともしなかった。

＊＊＊

キラは絶望した。

（なぜ……。どうして、信じてはくださらないのですか？）

犯してもいない罪を背負う辛《つら》さより、ただの一言も信じてくれないルシアンの憎悪に満ちた眼差しに打ちのめされた。

日ごと、夜ごと、責め苛まれる苦痛に心がぼろぼろに切り裂かれ、愛が引きちぎれていく悲しみに——慟哭《どうこく》した。

弁解しようとすればするほど、遠く離れていくルシアンの心。それゆえ、キラは一縷《いちる》の望みにすがったのだった。

（ならば、いっそ『死ね』とおっしゃってください。それすら許せぬと思われるのなら、せめて……今、ここで、ぼくを殺してください）

死にたかった。

――死んでしまいたかった。愛する人に何も信じてもらえないのなら、生きていく価値もない。

だから。

最後の最後。

「私を欺いたその目を潰《つぶ》して、その口が二度と戯言《ざれごと》を吐かぬように舌を切り落とし、己の罪を恥じて悔いるまでここで一生飼い殺しにしてやる」

毒々しいまでの憎悪をこめてルシアンがその口でキラの魂を切り裂いたとき。

もはや慟哭すらする術もない唇をわななかせ、震えの来た足をどうにか踏ん張り、キラは狂ったように絶叫したのだった。

「あい…し…ていま、す……。愛して、います！　イリス様と添い遂げることができないのならば、この命、惜しいとは思いませぬっ。心の底から、イリス様を愛していますっ！」

運命ならば。この酷い仕打ちを、神が『運命』と言うのなら、キラはせめてルシアンの手に掛かって死にたいと切に願ったのだ。

イリスを愛していると絶叫するその唇の裏で、涙で歪《ゆが》む視界の中で、キラは、ルシアンに殺してくれと哀願したのであった。

これから先、一生ルシアンの憎悪の視線にこの身を苛まれるのなら、生き長らえる価値もなかった。ならば、たとえそれがどんな不様な死にざまでも、ルシアンの手に掛かって死ねるならば本望だったのだ。

「このぉぉぉ下種《げす》がぁ〜〜〜っ。黙らぬかぁッ！」

唇を引き攣らせ、眦を決し、ルシアンは鞭を投げ捨てた。

背後に控えていたディランの腰から剣を奪い。

「イリスのためなら命もいらぬとほざくのなら、この場で斬り捨ててやるわぁぁっ！」

必死に押しとどめようとするディランの手を振りほどきざま、キラの背をめがけて剣を振り下ろした。

切っ先にこもる憤激と憎悪が渦巻いて、容赦なくキラを引き裂いた。

その瞬間。

かっと見開かれたキラの蒼瞳が悲しげに歪み、とうに涸《か》れ果てたはずの涙に濡《ぬ》れ、それが頬を伝ってこぼれ、そして……ゆうるりと崩れ落ちた。

誰もが息を殺してそれを見ていた。

凍《い》てついた時間の中、顔に、手に、キラの血をしぶかせたルシアンだけが不気味に荒く息を弾ませていた。

＊＊＊

死にたかった。

終わらせたかった。

愛する人の手で命もろとも、すべてを断ち切ってほしかった。

背中に灼熱《しゃくねつ》の衝撃が走った、その瞬間。

……………死ねると思った。何もかもが終わったのだと。

だが。

――しかし。

なのに。

――最後の切なる願いは叶わなかった。

その日。

背中の傷が癒えないまま、キラは衛兵に両脇を抱えられ、半ば引きずられるように長い通路をひたすら歩いた。

意識はある。

けれど、気力も体力もなかった。

ずきずきと引き攣る激痛だけが生きていることの証《あかし》だった。

そんなことを望んでもいなかった。


死にたかった。

……………死ねなかった。

死ぬ価値もないのだと宣告されたような気がした。

生きているのに、死んだも同然だった。


誰にも見咎められないように、裏門の扉が重々しく開かれる。

キラは手荒に突き飛ばされた。まるで、ぼろ屑《くず》を投げ捨てるかのように。

がくがくとその場に崩れ落ちて、キラは痛みに呻《うめ》いた。

「どこへなりと失せろ。………との御命令だ」

門が閉まる。

生き地獄に突き落とされたような気がして、キラは立ち上がることさえできなかった。

§　流転　§

夏が終わろうとしていた。

人の往来で賑《にぎ》わう宿場町から遠く離れた山村であるハマーンの一日は、静かに明け、ゆるやかに暮れる。都の賑々しさとは無縁の、苔《こけ》むした土の薫《かお》りがした。

それが、いつの頃からか。風が梢を渡って吹くかのごとく、ある噂がジオの民人の口から口へと流れ始めた。

『緑の谷《ラ・クンタ》には森の精霊が棲《す》む。稀《まれ》なる美声で心酔わせ、夢を紡いで幸福の音を奏でる』

――――と。

王家直轄の狩猟場であるヤーヴェで狩りを終えたその日、ルシアンはふと思い立ってハマーンまで足を延ばすことにした。

森の精霊と呼ばれる噂の流れ詩人《ル・アール》をひと目見ておこうと思ったのだった。

詩謡《リューン》いとは、世に出て名を挙げることこそが最上の望みであるはずだ。運よく貴人の目に留まって後援者を得ることができれば、それが縁となって宮廷に召し抱えられるかもしれない。

そうなれば、栄耀栄華は思いのままである。

ジオの都で噂に上るほどの美声を誇る詩謡いが、なぜ、ハマーンのような片田舎で流れ詩人を気取るのか。それに興味をそそられたのだった。

一度こうと決めたなら、誰が何を言おうと後には退《ひ》かないルシアンである。サマラを含めた近習たちは無言で手綱を引いた。

ヤーヴェからハマーンまでそれなりの距離はあるが、それに構うルシアンではなかった。

(ルシアン様の御酔狂にも困ったものだ。噂の流れ詩人が本当にこのハマーンに居着いているかどうかもわからぬというのに)

内心、サマラのため息は止まらない。

狩猟場と緑の谷では、樹木の種類は言うに及ばず、大気の色までもが違った。

何もかもが濃いのである。うっそうとした緑は薫り深く大地を覆い、大気はどこもかしこもしっとりと潤み、葉ずれの囁きが耳を打つほどの静謐《せいひつ》さであった。

ハマーンは樵《きこり》と猟師で生計を立てている小さな村里である。だが、喉を潤すために立ち寄った酒場は意外なほどの混雑ぶりであった。

「おまえさま方、なんになさるね?」

ぎしぎしと鳴る椅子に座るなり、亭主のだみ声が飛んだ。

王都から遠く離れた片田舎では自国の王の顔など知る者はいないのだろう。装いがいかにも貴族然としていようと、亭主は別段臆した様子もなかった。

「ここの地酒でも、もらおうか」

サマラも気にせず、声をかける。

今はお忍びである。こんな片田舎で礼節云々《うんぬん》を口にするほど野暮ではなかった。

「はいよ」

亭主は木造りの杯になみなみと酒を注《つ》ぎ、卓に頭数だけ並べた。

白く濁った酒は鼻につくきつい香りと喉を焼くような独特の味がした。ルシアンはぐっと一気に飲み干し、手の甲で無造作に口をぬぐった。

「ところで亭主、噂の流れ詩人はここにも姿を見せるのか？」

「やっぱり、おまえさま方もそれを目当てで来なすったのかね？　噂に引かれてこんな田舎村まで、ほんにご苦労さんなこった」

呆《あき》れた口調で亭主はため息をついた。

「噂は噂でしかないと？」

「ありゃあ、なんつうか、えれェ変わりモンでよぉ。ふだんは森番でもめったに入らねェような谷のボロ小屋に住んでおって、食いモンやらなんやらが欲しくなるとやって来て、村の広場で歌ァ聴かせるだ。まったく、商売する気があんだか、ねェんだか……。あの顔にあの声なら、都で一旗挙げんのもまんざら夢じゃあるめェによ」

「ほぉ、それほどの謡い手か？」

「そりゃァ、まあ、呑み代削って金を払っても惜しかねェな」

そのとき。開け放たれた窓から、かすかな竪琴の音が忍び入った。

声高なざわめきが、瞬時にぴたりと止む。

誰もが、真摯《しんし》な面持ちでじっと耳を澄ませていた。

愛しき人《フィ・ファーナ》よ。
時の流れに姿を変える不実な月光《つきあかり》の下で、
永遠《とわ》の愛を誓ってくださいますな。
夜の女神は移り気が運命《さだめ》……。
貴《あて》やかな微笑《ほほえ》み浮かべ、
射干玉《ぬばたま》の裾をひるがえし、
千の夜、万の闇を駆け抜ける。
恋人《アル・ラーン》よ。
永遠の絆《きずな》はあなたの温《ぬく》もり。
誓詞《ちかい》は沈黙の熱き口づけ。

せめて、今宵は一夜の夢を……。

肺腑《はいふ》の底に染み入るようであった。

竪琴の音色はあくまで優雅で優しく、そして、もの悲しい。聴く者の鼓動を揺さぶり、郷愁を呼び起こし、胸さえ詰まらせる。

歌声はときに高く張りつめ、あるいは低く震え、どこまでもせつなかった。

心が疼《うず》くとはこういうことであろうかと、ルシアンは、しばし歌声に酔いしれていた。

人には、それぞれ持って生まれた才能の器がある。ならば、詩《うた》にも、それなりに相応《ふさわ》しい場というものがあるのだろう。

不思議に透き通った歌声には、きらびやかな都の宴よりも炉辺の灯りがよく似合う。だからこそ流れ詩人は、森の霊気が立ちこめる静かな村を選んだのだろう。

いったい、どんな男なのか。

……会ってみたい。

そう思うとじっとしていられなくて、ルシアンはゆらりと立ち上がった。

歌に聴きほれていたサマラが、あわてて腰を上げて追いかける。

それでも、酒場の静寂は揺らぎもしなかった。

酒場の外に出ると、竪琴の音色が変わった。

哀調を帯びたゆるやかな旋律は樹木の葉ずれを誘い、かそけき時の香りを運ぶかのようであった。

ルシアンはひそやかな囁きにも似た爪弾きに心惹《ひ》かれ、ゆったりとした足取りで歩いた。

幾重もの人垣の先に、流れ詩人はいた。

古木を背に、洗いざらしの肩衣をまとい、細くしなやかな指で竪琴を爪弾いていた。

長く癖のない、陽に透ける銀髪にふちどられた優しげな美貌。それを目にしたとたん、ルシアンの黒瞳を閃光《せんこう》が貫いた。

「——キ…ラ……」

あまりにも思いがけない再会に、つぶやきも凍る。それはやがて引き攣るような唇の歪みとなり、双眸《そうぼう》は切れ上がってこめかみに青筋が浮いた。

どくり——と、ひとつ大きく鼓動が跳ねた。

刹那、視界がぐらりと小さく揺れた。

それは久しく忘れていたはずの、目の前が赤くかすんでくもるような憤怒であった。血管を食い破ってしぶく、あの、憎悪のたぎりであった。

マイラの笑顔に癒えつつあった傷が、そこかしこでざっくりと割れる。その痛みが身体の節々を熱く締めつけるような気がして、ルシアンは握りしめた拳を小刻みに震わせた。

「サマラ……」

ルシアンは低く、その名を呼んだ。

「――はっ」

「引きずって来い」

さすがのサマラが一瞬返す言葉に詰まるほど、ルシアンの声は冷たく蒼ざめていた。

「聞こえなかったのか」

「――いえ」

「ならば行け」

「なにぶん人目がございますれば、その儀はいかがかと……」

ルシアンとは別口の動揺を隠しきれずに、サマラは歯切れ悪く言葉を濁した。

「そうか……。ならば、私が自分でやる」

「お、お待ちくださいっ」

サマラは顔色を変えてルシアンを制した。

「行け」

目に、声に、凄みを孕《はら》ませルシアンが命じた。

サマラは苦汁を飲み込むように唇を引き絞り、重苦しい足取りで人垣をかき分けて歩く。

とたん、不粋な闖入者《ちんにゅうしゃ》に対する非難と怒りのざわめきが湧き上がった。

＊＊＊

森気に包まれた幽玄の調べに、突然、不協和音が生じた。

無粋で。

無作法で。

無風流な闖入者。

その男が二年ぶりに見るサマラだと気付いて、ただ無心に竪琴を爪弾いていたキラの指にもそれと知れる驚愕《きょうがく》が走った。そして、ぎこちないほど不自然に哀愁の音色が跳ねて、不意にぷつりと切れた。

「不粋も非礼も、重々承知の上で頼みたい。少しばかり時間をさいてはくれまいか?」

愕然と双眸を見開いたキラを凝視し、サマラが眉間に苦渋を刻む。

「我が主人が、ぜひにと」

キラの顔からうっすらと血の気が失《う》せた。

けれど。かすかに伏せた目を上げ、のしかかる沈黙を裾の端で払うように優雅に立ち上がったとき、すでに、キラの顔にはわずかな動揺も透けてはいなかった。

「参りましょうか」

予想外におだやかな声に促され、サマラは自分でもわけがわからないままにひとつ小さく吐息を呑み込んだ。

無念のため息とあからさまな舌打ち、そして恨めしげな周囲のざわめきを残し、ふたりは肩を並べるようにして歩いた。

ルシアンに会える。

キラは、そんな甘い感傷など微塵《みじん》も持ってはいなかった。

憎悪で抉《えぐ》られた傷は深い。

その言葉が、今更のように胸を衝《つ》くのであった。

一歩近づくごとに、ルシアンを取り巻く憎しみの気配が濃くなる。冷たく蒼ざめた憎悪の波動が、ひりひりと肌を刺す。錯覚でも幻覚でもなく、それがまぎれもない現実なのだとキラは思い知る。

だからこそ、キラは最後まで真摯であろうと思った。

あの日。

あのとき。

亡き母が眠る高台へと続く小径で。偶然にもルシアンの姿を見かけて最初の衝撃は去った。

今より先に堕《お》ちる地獄もなければ、これ以上失う物もないのだ。ならば、この先、何が起きようと耐えられないはずはない。

「仰せの通り、連れてまいりました」

猛々しくも冷たく痺れ上がるようなルシアンの黒瞳と、不思議なほどおだやかに澄んだキラの蒼瞳とが絡み合い、対照的な沈黙を弾き出す。

供の者が息を殺して凝視する中、キラは無言で深々と礼節を取った。

しかし。ルシアンの返礼は、それを土足で踏みにじるようなきつい平手打ちであった。

「どの顔《つら》下げて、舞いもどってきた」

低く、圧《お》し殺した口調であった。

「淫売《いんばい》崩れが流れ詩人を気取るなぞ、吐き気がするわっ。下種は下種らしく淫売宿で男の袖でも引いておればよいものを、今更、何を血迷って這《は》い出してきた? 我が領内で物乞いなど許さぬ。即刻、出て失せよ」

拒絶も弁明も許さない、ひたすら強いものを孕んだだけの命令であった。

キラは無言の目を伏せた。打たれた頰の痛みを嚙みしめるでもなく、毒を塗り込めたルシアンの罵倒のきつさに怯えるでもなく、ただ静かに佇《たたず》んでいた。

「二度は言わぬ。次は、その腕、へし折ってくれるぞ。よいなっ!」

憎悪を込めて吐き捨て、ルシアンは身をひるがえした。

キラは身じろぎもせず、一段とたくましさを増したその背を見送った。

(ルシアン様。ぼくにはもう失う物など何もありません。今はただ静かに眠れる場所が欲しい

だけなのです）

口に出しては言えない、虚《むな》しいつぶやきであった。

まさか、こんな片田舎でルシアンと鉢合わせをしようとは思いもしなかった。運命という皮肉は、とことん容赦がないらしい。

未練を残しながらも、その日のうちにキラはハマーンを後にした。ここに留《とど》まればルシアンの怒りを煽《あお》るだけであろうし、いつなんどき、いかなる事態を引き起こすかもわからない。キラは何よりもそれを恐れた。

だからといって。キラはルシアンの言葉通りにジオを去るつもりなどなく、居心地のよいハマーンを出てこれから先をどうするという当てもなかった。

（まぁ、なんとかなるだろう）

今までも、そうやって生きてきたのだから。

夢に見た、ナイアスの花吹雪……春はまだ遠い先のことである。厳しい冬を越すための宿と金は最低でも確保しておかねばならない。

どこへ行くにしても、大道で芸を披露すれば、いずれはまたルシアンの耳に入るだろう。とはいえ、それを気に病んでいては路銀が底をつく。

実入りの確かさからいけば人の集まる酒場だが、いやな思いをするのを承知の上で扉に手をかける気にはなれなかった。

浴びるように干す酒は理性の箍《たが》をゆるめ、人間の品性すら歪ませる。

一曲歌い終わるごとに酒臭い息を吹きかけられ、下卑た誘いになれなれしく腕を取られた苦い経験がある。彼らにとっては流れの詩謡いも男娼《だんしょう》も同じなのであった。

とりあえず、ゾルーカの村で鄙《ひな》びた宿に落ち着き、キラはため息をもらした。

身体が少しだるい。

朝から歩きづめだったからだろうと思い、横になろうとした。とたん、不意に鋭い痛みが胸を刺した。

「い——つッ！」

キラは思わず呻いた。唇を歪め、掻きむしるように胸をかき抱いた。

どくどくどく………と、異様に鼓動が逸《はや》る。

きりきりきり………と、痛みが牙をむいて心の臓を締め付ける。

このままじっと横になっていれば、いずれ治まる。

わかってはいた。が………。日を追うごとに痛みはひどくなる。胸で痼《しこ》った魔性が滾《たぎ》る血潮を、疼く肉を食い破るかのように容赦なく。

心の臓が声にならない悲鳴を上げる。そのたびにきつく嚙みしめた唇が血の気を失い、蒼ざめて更に歪んだ。

額ににじむ脂汗。

じっとりと濡れて乱れる銀の髪。

はぁ……。

はぁ………。

はぁ……ぁぁぁ………。

肩でつく吐息は耳鳴りを誘い、胸の奥を、頭の芯を抉るようにきつく締めつけた。

脂汗が玉になって額を濡らし、首筋を伝い落ち、身体中のそこかしこを冷たく硬直させる。

その頃になってようやく痛みも薄れはじめるのであった。

キラは堅く強ばりついた指をぎこちなくほどき、切れ切れに、細く静かに胸を喘がせた。

心の臓を鋭い爪で鷲掴みにされたような激しい痛みだった。近い将来、それは、弱り切った鼓動をいともたやすく食いちぎってしまうだろう。ただの予感ではなく、確実に。

その自覚があればこそ、キラはもどってきたのである。忘れたくても忘れられない過去と先の見えない明日が揺れて乱れる、このジオへ。

せめて春まで。キラの、最後のささやかなる望みであった。

「ル…シアン——ゾルバ……レ・ソレル………」

荒く途切れる吐息の底に、せつない想いがこもる。未練がましいと知りながら、そのやるせなさだけはどうにもしがたいのだった。

キラにはもう、人生の荒波に抗《あらが》って己の人生を切り開く時間もなければ、その気力もなかった。

捨て鉢になっているのではない。ただ、その日その日が静かに、おだやかに、何事もなく明けて暮れればそれでいいのだ。

何も望んではいない。ただひとつのことを除いては。くすぶり続ける想いはいずれ、時が来れば何もかもが昇華されるだろう。

すべては、二年前のあの瞬間に終わってしまったのだ。今更、何が変わるわけではない。キラはそう思った。

二年前、同じようにあの悪夢を体験した者は皆、誰もがそう信じていただろう。あれは、もう、終わってしまった過去の出来事なのだと。

けれど、それは予告された終わりではなく、すべての始まりにすぎないのだった。

運命の瞬きは誰の目にも見えない。

連鎖の唸りは、まだ、誰の耳にも届かない。

だが、開け放たれた扉は必ず閉じられなければならないのだ。それが『運命』という名の摂理であった。

人の世の命運は、愛よりも嫉妬に、嫉妬よりも憎悪に引きずられて荒れ狂うのか。

キラ、ルシアン、イリス。その胸の奥で絡んで縺《もつ》れたそれは、再び根を張り、腕を広げ、鋭い顎で食らいつくかのように不気味な咆哮《ほうこう》を上げようとしていた。

§ 不穏 §

音もなく雨が降っていた。

樹木の緑に、乾いた大地に、確かな秋気が訪れる。そんな、しめやかな午後であった。

マデリア宮殿。

宰相の執務室。

アスナスを筆頭に居並ぶ重臣たちは一様に渋面を突き合わせていた。

「サマラ。ルシアン様がキラにお会いなされたというのは、まことのことか？」

深々と眉間に皺を刻んでアスナスが口火を切った。

「はい。ヤーヴェの狩り場からハマーンまで足を延ばされまして。例の、噂の流れ詩人を一目ご覧になりたいと。それが、まさかキラだとは………。予想だにしておりませんでした」

サマラの口調にもいつもの冴えがない。

「噂の出から察しますと、おそらく、七の月《メ・ナース》前にはすでにジオの都へ立ちもどっていたのではないかと」

「いや。それよりもずっと前だ」

声を低く落として、ディランが横から口をはさんだ。

「夏が始まる前にはもう、キラはもどってきている」

「確かなのか？」

「あぁ。イリス様のお供で墓地へ出かけたおり、偶然キラに会った。五の月《ル・ナン》だ」

重臣たちは愕然とし、憤然と怒声を張り上げた。

「莫迦なっ」

「五の月だとっ？」

「なぜ、もっと早くそれを報告せんのだっ！」

怒髪天を突く形相でアスナスが怒鳴った。

「そのようなことで近衛隊長としての面目が立つと思っておるのかっ。たわけ者めがっ！」

自慢の口髭《くちひげ》を逆立て、ワイデルがだみ声で一喝する。

ディランは恐れ入るどころか顔色ひとつ変えなかった。

「今更、事を荒立てることもないと思いました」

「キラの存在自体が事を荒らげる元凶に決まっておるではないかっ」

そんなこともわからないのかと、ワイデルが眦を吊り上げる。

「あれはもう二年も前に終わったことではありませぬか。キラがどこで何をしようが、それはキラの自由であって、我らが関知すべきではないと存じます。それとも、皆様方は母親の墓参すら許さず、すぐさま兵を繰り出して追い払うべきだったとでもおっしゃいますのか？　いかに主命とはいえ、あのような後味の悪いこと、私は二度とごめんです」

何を憚るでもないその口調のきつさに、誰もがばつの悪さを押し隠すかのようにむすりと言葉を呑んだ。

負い目はこちら側にあるのだ。建前はどうでも、この場に居並ぶ者たちは何よりもそれを自覚している。今更、知らぬ存ぜぬで押し通すことなどできない。

それでも、一度振り上げた拳は下ろさなければ格好がつかないとでも言いたげな渋面で、アスナスはむっつりと顎をしゃくった。

「もう、よい。起こってしまったことを今更悔やんでも遅いわ。ふたりとも下がっておれ」

ディランとサマラは一礼をして、大股で部屋を出ていった。

宰相室の扉を背に廊下を歩きながら、ディランは苦々しく舌打ちした。

「くそ爺どもがっ」

「そう、かっかするな」

サマラも、ディランの悪口《あっこう》を咎める気にはなれない。

「今更、皺面を突き合わせて議論して何になる。納得のいく答えなど出るものか。藪《やぶ》をつついて蛇でも出そうものなら、それこそ取り返しがつかん。どういうつもりなんだ、いったい」

だからこそ、ディランは墓地でキラと再会したことを誰にも告げなかった。

なのに、である。

どうして、よりにもよってハマーンのような片田舎でルシアンとキラが出会ってしまうのだろうか。

……………あり得ない。

しかし。

イリスとキラが再会を果たしたのは、アーシアの月命日という偶然がもたらした運命の皮肉だった。ただのこじつけかもしれないが、ディランはそれで片をつけてしまいたかった。

ルシアンとの邂逅《かいこう》は、それだけは絶対にあってはならない禁事《出来事》であった。運命の悪戯《いたずら》どころではない、まさに運命の理不尽としか思えなかった。

「そんなことは、皆、百も承知だろうさ。だから、びくついている。ルシアン様の御気性ならばおまえもよく知っているだろう。このまま何事もなく、すんなり事が収まるとは思えぬのでな」

すでに、サマラは見てしまった。キラの姿を見た瞬間、ルシアンの顔つきが豹変《ひょうへん》してしまったのを。

知ってしまった。それなりにおだやかだった日々の平穏が一気に瓦解《がかい》してしまったことを。

「おまえは、どう思っているのだ？」

「臣下としては、できれば不安の芽は早目に摘んでおきたい。……というのが本音だ。毒くらわば皿までだろう」

自嘲じみた口調に、ディランは黙り込む。

「それで？　イリス様はどんなご様子だ？」

サマラの気がかりはそれである。乳母であったアーシアの月命日にイリスが墓参りを欠かさないのは誰もが知るところであった。

「細い食がますます細くなられたようだ。アズリ殿が心配しておられる。まぁ、それも無理はあるまい。正直、まさかあんなところでキラに再会しようとは思ってもみなかった」

ディランの口からどんよりとしたため息がもれた。

「イリス様でなくとも、思わず肺腑を抉られるような気がした。キラは静かに佇んでいただけだった。ものも言わず、身じろぎもせず、ただただ静かな眼差しで見つめられてみろ。脛《すね》に傷持つ身はたまらぬ。イリス様にしてみれば針のむしろであったろうよ」

実感を込めて語る口調に、サマラはまざまざと思い出す。ハマーンで再会したときの、憂いを含んだキラのなんともしれない深い眼差しを。

荒れてすさんだ陰など微塵もなかった。口調も物腰も、思いがけないほどのおだやかさであった。ルシアンを前にして、辛辣な罵倒にたじろぎもしないあの変貌は、いったいなんなのだろうかと。

「ディラン、おまえはどう思う?」

「何が?」

「キラだ」

「うまくは言えんが、何かこう一皮剝《む》けたような気がする」

ディランの知っているキラは、けなげで、生真面目で、争い事は好まず、ルシアンの寵愛に驕ることのない賢い少年だった。

アスナスたち重臣やサマラがジオの将来を慮ってキラの存在を懸念し、疎ましく思っていたのは知っていたが。ディランは、ルシアンを愛し愛されることで、己を律しようとひたすら努力をしていたキラが無意義な者だとは思えなかった。

過去を蒸し返しても時はもどらないとはいえ、運命はずいぶんとキラに無慈悲だった。その理不尽に加担したディランが今更あれこれと口にする資格もないのだが。

「そりゃあ、あれから二年もたっているんだ。変わって当然と言ってしまえばそれまでだが、どうにもすっきりしない。キラが腹に一物を持っているとか、そういうことではないぞ? むしろ、逆だ。そう……逆なんだ。まるで色も欲も、浮世の垢《あか》の何もかもを削ぎ落としたような感じで、どきりとした」

「それは、わたしも感じた」

あのとき、キラは十六歳だった。満身創痍《そうい》で、ぼろ屑のように城外へ打ち捨てられた。

「わずか二年で、ああも見事に立ち直れるものか?」

歳月は人を変える。

たかが、二年。

されど――二年。

サマラは今更のように、その意味《重み》を考えずにはいられなかった。

「俺たちは皆、共犯者だ。ジオの将来だのソレル王家のためだのと大義名分を振りかざして、寄ってたかってあいつを捨て石にしたのだからな」

キラの悲鳴に耳を塞ぎ、良心の呵責《かしゃく》に無理やり目を背けて真実を闇に葬り去った。そうやって、皆でキラの人生をねじ曲げた。

「その俺たちが、今頃になって、ああだこうだと、さももっともらしい台詞《せりふ》を吐いてみたところで、あいつにとっては、所詮、戯言《たわごと》だ。今日の天気を気にして毎日何げなく空を見上げてきた俺たちに、生き地獄を這い上がってきた奴の気持ちなど、わかるわけがなかろう?」

辛辣を通り越して自虐ともとれる言葉に、サマラは返す言葉もなかった。

正論は胸を刺し貫く劇薬である。

「サマラ。俺たちは安穏な日々に流されて、人ひとりの人生をめちゃめちゃに踏みにじった事実を忘れかけていたのではないか? それを突然鼻先に突きつけられて、皆、あわてふためいている。なんとも不様な話だ」

その通りだ。過去を、己の罪を蒸し返されるのではないかと内心怯えている。

「そうだな。今更。脛に傷を持つ身を嘆いても始まらない」

この先何が待ち構えているにしろ、二度と真実から目を背けることは許されない。それが、サマラとディランの偽らざる本音であった。

＊＊＊

ハマーンからもどってきてから、ルシアンは目に見えてひどく不機嫌であった。

立っていても座っていても、苛々《いらいら》とまるで落ち着きがなく、些細なことをあげつらっては、大声で側仕えに当たり散らす毎日だった。

身体が芯から焦げつくような苛立ちが、どうにも収まらなかった。

突然のキラとの思いもかけない再会は、じりじりと胸が灼《や》けるほど激しくルシアンの神経を掻きむしらずにはおかなかった。

眼底には、竪琴を爪弾くキラの姿がくっきりと焼きついていた。優しく澄んだ、甘くせつないほどに胸を締めつけたあの音色は、今も耳の奥にこびりついて離れない。

感傷というありきたりな言葉では言い表せない――情動。

それがいっそう苛々とルシアンを駆り立てるのだ。じっと、腰を落ち着けてなどいられなかった。

野駆けで息が上がるほど愛馬に鞭を入れても、近習相手に腕が痺れるまで剣を交えても、荒く昂《たか》ぶるものは少しも収まらなかった。つい最近まで、キラの『キ』の字も思い出しはしなかったというのに。

気が重い。

気色が悪い。

嫌忌《けんき》に歯止めがかからない。

おそらく。キラが身も心も持ち崩し底の底まで落ちぶれ果てて目の前に現れたのであれば、嘲笑の一瞥《いちべつ》で終わったに違いない。あんな下種など野垂れ死ねばいい。本気でそう思っていたからだ。

しかし。二年ぶりに目にしたキラの生きざまは、そんなルシアンの思惑を見事に裏切って余りあった。

あの、身体の内から滲み出るような清廉さはいったいなんなのか。色小姓くずれの卑猥《ひわい》な荒《すさ》みなど欠片《かけら》もなかった。

ましてや、人の心を惹きつけてやまない、あの喉《歌声》の冴えはどうだ。キラの歌声など、まともに聴いたのはあれが初めてであった。そばに侍っていたときには、竪琴の音色さえほんの手慰みにすぎなかったというのに。

視線を交えても、怯えて目を伏せるどころかたじろぎもしなかった。あの憎たらしいほどの落ち着きぶりを思い出すだけで奥歯が軋った。

「――許さぬっ」

キラの一挙一動が、新たな怒りと憎悪を掻き立てずにはおかなかった。

§　拗《ねじ》れ　§

マデリア宮殿、裏庭。

きれいに剪定されて管理された中庭とは趣を異にするその花園には、可憐な花々が彩りを添えていた。

(本当に、ここのお花畑はいつ見てもきれい。次から次にいろんなお花が咲いて……)

マイラはしばしうっとりと眺めて、顔を綻《ほころ》ばせた。

「こんなにきれいなんですもの、少しくらいいただいても構わないわよね」

ひとりごちて、花の茎に鋏《はさみ》を入れる。

パチン。

パチン……。

パチン………。

切れ味のいい音を響かせていると、イリス付き女官のアズリが小走りに駆け寄ってきた。

「マイラ様。何をなさっているのですっ」

咎めるような口調に驚いて、マイラはびくりと身じろいだ。

「あ……あの、お花を……。お花を少しいただこうと思って」

「まぁ、一番咲きのレイファンをこんなに……。なんということをなさるのです。ここのお花はイリス様が丹精を込めてお世話をなさっているのですよ。それを……」

怒りで唇を震わせるアズリに、マイラはつい口ごもる。

「ご、ごめんなさい。あの……あまりにきれいだったので、つい………」

「つい、ではございませんっ。一番咲きのレイファンは、イリス様の乳母であられたアーシア様の墓前にお供えするのだと、姫様がそれは大事になさっておいでのでしたのに」

くどくどと口にするアズリの背後から、イリスがゆったりとした足取りでやってきた。

「アズリ、そんなに声を荒らげるものではありません。レイファンなら、まだたくさんあるのですから」

鷹揚《おうよう》にイリスが執り成す。

「ですが、姫様」

「申し訳ございませんっ」

マイラは深々と頭を下げた。

王家の姫と新興男爵家の娘、その身分差を考えれば平身低頭して然《しか》るべきところだが。マイラがルシアンの寵愛を受けていることは広く知れ渡っており、婚儀が決まっているわけではないが、すでに婚約者も同然という扱いであった。

「イリス様のお花畑だとは存じませんでした。近頃ルシアン様のご機嫌があまりよろしくないので、きれいなお花でも飾ってお慰めできれば……と思いまして」

いかにマイラがルシアンに寵愛されているという自覚と自負はあっても、素養的にはいまだ完璧な淑女とは言い難く、存在そのものが典雅なイリスの前ではどうしても気後れしてしまうのだった。

王宮の別棟で暮らしているイリスとはめったに顔を合わせることもなく、ましてや、こんなふうに間近で言葉を交わしたのも初めてのことで、天真爛漫《らんまん》を地で行くマイラもいつになく顔がこわばりついた。

金で爵位は買えても、家格という血筋の重みは買えない。今までも散々言われてきたことである。

イリスという本物の淑女を目の当たりにして、初めて、マイラは自分に足りないものを肌で感じないではいられなかった。

自分の出自が下級貴族であることは変えられない。両親は優しく自分を愛してくれているから、男爵家の娘であることを卑下したことはない。身分違いと言われても、ルシアンが今のマイラのままでいいと言ってくれるから、そんな陰口も気にならなかった。

ルシアンの望みが、マイラの本望であった。

けれど…………。淑女の品格というものがなければ真の意味でジオの帝王であるルシアンには釣り合わないのだと痛感させられたのだった。

「そう……。兄上様の」

束《つか》の間《ま》、イリスはもの悲しげに目を伏せた。

「……でも。兄上様は、きっと、ここのお花はみな嫌いでいらっしゃるわ。特に、そのレイファンは……」

「え？」

「兄上様のお部屋に飾るのなら、シャノンの花園から摘んでいかれてはいかが？　今なら、コレットが盛りですから」

「でも、あの……その…………」

口ごもるマイラに、アズリが口を添えた。

「マイラ様。わたくしがシャノンの花園にご案内いたしますので。レイファンは、このままわたくしがお預かりいたします。どうぞ、ついていらっしゃってくださいませ」

戸惑うマイラの手からレイファンを取り上げ、アズリが促す。

「あ……では、あの……イリス様、失礼いたします」

ドレスの端をつまんで淑女の礼を取ると、マイラはそそくさとその場を離れた。

その後ろ姿を見やって。

「驚かせてしまったかしら。でも、レイファンは駄目なの。だって……レイファンはキラが一番好きだった花ですもの」

イリスはひっそりとひとりごちた。

甘く香るレイファンはキラの匂いがした。

白い大輪の花を咲かせるレイファンは『無垢《むく》』という言葉がよく似合う。

その清楚《せいそ》な透明感がキラの佇まいそのもので、イリスはレイファンを腕に抱えたキラを見るたびに北国ラッカの血を色濃く残す乳兄弟への純粋な羨望と密やかな嫉妬を掻き立てられた。

今はもう、それすらもが罪悪感にどす黒く塗り潰されてしまった。

＊＊＊

マイラも側仕えも遠ざけ、ルシアンは長い間部屋に閉じこもっていた。そして、そこから出てくるなり、きつい口調でディランを呼びつけた。

「ディラン、参りました」

扉を背に、ディランが軽く長靴の踵《かかと》を鳴らした。

「うむ……」

深々と椅子にもたれたまま、ルシアンは不機嫌に顎をしゃくった。

「はっ」

かしこまって、ディランがきびきびと歩み寄る。

その耳元でルシアンは口早に何かを告げた。

「――っ！　そ、それは……」

その命令があまりに思いがけなかったのであろう。顔面に一瞬の動揺を刷き、ディランは口ごもった。

だが、ルシアンの強い目は崩れない。

ディランはつと目を落とし、わずかに唇を噛みしめた。

「承知いたしました」

声音の低さに苦いものがありありとこもる。その顔つきは、やりきれなさで歪んでいるようにも見えた。

ディランが踵を返す。

ディランが部屋を出て行くのと入れ替わるようにやってきたマイラは、酒器を載せた盆を持って歩み寄ってきた。

「ルシアン様。御酒をお持ちいたしました」

「うむ……」

ルシアンは銀杯に注がれた酒を一気に呷《あお》った。苛立ちも、胸くそ悪さも、一気にまとめて喉の奥へ流しこむような乱暴な手つきであった。

マイラの双眸がふと陰る。言葉にならない不安をひとり胸に秘めておくには、あまりに深くルシアンを愛しすぎていたのかもしれない。

ルシアンは苦笑まじりにマイラを抱き寄せ、額に軽く口づけた。

「もうじき、満月《カムナ》だ。豊穣の女神《マハーシャ》が天にお上がりになる。九の月《ティアナ》は、おまえの生まれ月でもあろう？　めでたいことがふたつ重なるな。今度の満月はそれに相応しく盛大な宴になろう。そのための余興も考えてあるのだ。楽しみに待っているがいい」

「本当でございますか？」

マイラが喜色の声を上げて微笑む。

「むろんだ。マイラ、おまえはいずれ我が妃《きさき》となる身。はたで誰が何を言おうと気にするな。私の言葉だけを信じておればよいのだ」

甘い囁きを噛みしめるように頷《うなず》き、マイラはそれまでの不安を払拭するかのようにルシアンの胸に顔を埋めた。

§　夜宴　§

九《テイアナ》の月。

嫋々《じょうじょう》たる風の音は、移りゆく季節がひそともらすため息のようであった。

蒼白《あおじろ》き月光が、静謐《せいひつ》の闇をうっすら覆っている。そっと指でふれたなら爪の先にかすかな燐《りん》光《こう》がともるような、そんな夜であった。

その夜。キラはアティカの町にいた。

軽い夕餉《ゆうげ》をすませ、宿でゆったりくつろいでいた。

そこへ、突然、降って湧いたように予期しない訪問者が現れた。

ディランである。

驚愕《きょうがく》よりはむしろ当惑げに、キラは頬をこわばらせた。——が、それ以上に硬い声でディランが先に口火を切った。

「夜分相すまぬが、これから王都まで同行してもらいたい」

「……なぜですか？」

どういうことか理解しかねて、キラが眉を寄せた。

ディランは更に低く声を落とした。

「二日後、王宮で満月の宴が催されることになった。ルシアン様の婚約者であられるマイラ様の誕生祝いも兼ねて盛大にな。都の内外から芸人を招いての祝宴だ。その席にルシアン様が噂《うわさ》に高い『ハマーンの流れ詩人《ル・アール》』の歌を、ぜひにと御所望だ」

キラはそれと知れるほどきつく唇を嚙《か》みしめた。

満月の祝宴とはいえ、ルシアンがただ歌を聴くためだけに自分を召し出すはずがない。そう思った。

「宴の余興に満座の晒《さら》し者になれ……と、仰《おお》せですか？」

「――――」

「そのような戯事《ざれごと》を、重臣方がよくお許しになりましたね」

努めて淡々とキラは言った。

「許すも許さぬもない。ルシアン様の御気性ならば、おまえもよく存じていよう？　キラ、ハマーンを出てアティカの町に流れようとも、所詮、同じことだ。ジオの都にとどまる限り、ルシアン様の目から逃れることはできぬ」

素直に従えば、それでよし。だが、もしも『否』と首を振るようなら、その首に縄を打ってでも引きずって来い。それがルシアンの命令だった。

こんな役目など、ディランは辞退したかった。それができるものならば。

それを察してくれとも言えない。

だから、顔色ひとつ変えなかった。

「妻にと望まれた方がいらっしゃるのに、それでもまだ嬲《なぶ》り足りないとでも？」

恨みつらみに時効はない。ルシアンはそう言いたいのかもしれない。

「ルシアン様のお心の内はルシアン様にしかわからぬ」

そう前置きして、ディランは初めて唇の端をわずかに歪《ゆが》めた。

「この期に及んで、こんなことを頼めた義理ではないのだが。宴の席でルシアン様が何をおっしゃっても、なんとか穏便に納めてはくれまいか。マイラ様は何もご存じないのだ」

キラはため息ともつかぬものをもらした。

「それは……ルシアン様がお決めになることです。ディラン殿。満座の晒し者になっても、ぼくにはもう何も失うものはないのですから」

皮肉でも当てつけでもない。むしろ真摯《しんし》な眼差《まなざ》しに射貫《いぬ》かれて、ディランは半ば無意識に瞠目《どうもく》した。

物事は……いや、人の心とは、本当に思い通りにはならない。それを痛感しないではいられなかった。

かつて、アスナスが言った『大事の前の小事』として切り捨てたものが、今、まさに王宮を揺るがしかねない導火線になってしまった事実に痛憤すら覚えずにはいられなかった。

キラは、思う。たとえ、この身が朽ちて『キラ』という名のみの存在になり果てても、ルシアンの憎悪は永遠に消えはしないのだろう。それを実感させられて、なぜか、自虐の苦い笑みさえこぼれてきそうな気がした。

ディランが示した報酬の額は分不相応なほどに高い。思うように稼げないキラにとっては垂《すい》涎《ぜん》の的にも値した。

しかも、これは、否も応もないのである。

とどのつまりは、自分の足で立って歩くか、それともディランに引きずられていくか。キラには、そのどちらかの選択しか残されてはいないのだった。

ルシアンは、めでたい祝宴で、自身の傷を掻《か》きむしることになってもなおキラを辱《はずかし》めたいのだ。それほどまでにキラを憎むのだ。

「――では、参りましょうか」

相手が違うだけで、その言葉を口にするのは二度目だった。

キラはゆったり立ち上がった。

今更、何を失うわけではない。

確固たる思いを胸に、肩衣をはおり、返す目でディランを促した。

＊＊＊

その日。

王宮のどこもかしこも、誰もかれもが、朝から妙に浮かれていた。

無理もない。領内外の芸人が招かれ、こぞって芸を競うのだ。まして、噂に高い『ハマーンの流れ詩人』もその姿を見せるのだという。下女・侍女はおろか、ふだんは取り澄ました後宮の女官すら、心ここにあらずといった風情であった。

満月の夜。

霊峰ミネルバを蒼黒く染めて輝く月は、見事なまでに美しかった。夜のしじまに凛《りん》と冴えた大輪の花のごとく、人々の感嘆とため息を誘ってやまなかった。

宴はいつになく盛大であった。

美しく着飾った人々は、うずたかく豪華に盛られた馳走《ちそう》の山に目を細め、舌鼓を打った。汲《く》めどもつきぬ美酒に酔いしれ、よくしゃべり、よく笑った。

そうしては上機嫌で芸人たちに惜しみない拍手を送る。

華やかな喧噪《けんそう》は夜更けていっそう賑《にぎ》やかさを増し、いつ果てるとも知れなかった。

「次は『ハマーンの流れ詩人』にございますっ！」

用人のひときわ高らかな呼び声に女たちが嬌声《きょうせい》を上げ、男たちが好奇の目を向けた——次の瞬間。宴席は、水を打ったような不気味な静けさにとって変わった。

度を過ぎた驚愕が人々の声を奪い、その目を釘付《くぎづ》けにする。そういう痛いほどの沈黙を音もなく弾《はじ》いて、流れるような優雅な足取りでキラが歩いてくる。

噂に高い『ハマーンの流れ詩人』があのキラであるなどと、いったい、どこの誰が予想しただろう。まごうかたなき本人を目の前にしてさえなお、彼らは信じがたい思いに双眸《そうぼう》を見開いて固まった。

そして。誰が先にというでなく、誰もが互いの顔色を窺《うかが》うように声をひそめ、おどおどと判で押したようなぎこちなさでルシアンへと視線を向けるのであった。

蒼ざめた顔を引き攣《つ》らせたイリスがいる。

（……え？　なに？　どうしたの？）

わけもわからないままに、異様な雰囲気に呑《の》まれて息を殺すマイラがいる。

苦々しく、視線を逸《そ》らせる重臣たちの顔がある。

なんとも言い難いうねりがざわざわと押し寄せる中、銀杯を片手にマイラを侍《はべ》らせたルシアンだけがひとり超然と壇上からキラを見下ろしていた。

キラは片膝を折り、胸に片手を当て、銀髪が床にふれるほど深く頭《こうべ》を垂れて古式の礼をとった。

「このたびは満月の宴席にお招きに与《あずか》り、身にあまる光栄に存じます」

淀《よど》みのない口調で型通りの口上を述べ、キラはゆらりと頭を上げた。

そうして初めて、彼らは知るのだった。これが思いがけない偶然などではなく、ルシアンが仕組んだ演出なのだろうと。

ルシアンのキラを見据える双眸の冷たさが、不敵で残忍な笑みが、それを如実《にょじつ》に物語っていた。

二年前の、王宮を震撼《しんかん》させた事件の真相を知る者も、知らぬ者も、そこに居合わせた誰もが肌の皮一枚下で何かがぞわりと蠢《うごめ》くような怖気《おぞけ》を覚え、声もなく、息を殺して生唾を呑み込んだ。

そんな彼らの頰のこわばりを更に誘うような薄笑いを浮かべ、ルシアンは言った。

「遠路はるばる、ご苦労。ハマーンを出て、あちこち流れ歩いておるそうだな。後を追わせるのに三日もかかったが、今宵の宴に間においてなによりだ。なにしろ、皆、朝から浮かれておってな。噂の流れ詩人の歌をじかに聴けるとあっては、まぁ、それもいたしかたあるまいが。それで、何を演《や》る？」

「御所望がございますれば、なんなりと」

「そうよな。ならば、パレリア哀歌でもやってもらおうか」

こともなげに言い放ったルシアンの脇で、イリスがびくりと身を竦《すく》めた。それすら気付くこともなく。

「あ……それなら、わたくしも存じております。意に添わぬ結婚を強いられた姫が、それでもなお恋人を忘れられず、人目を忍んで逢瀬《おうせ》を重ねてしまうという、悲しい歌ですわね」

マイラが無邪気に声を弾ませた。

何が何だかわからないが。マイラはマイラなりに、この重苦しい雰囲気を少しでも和ませたいと思っての差し出口であった。

よかれと思ったことが更に座を気まずくさせる。そんなことなど露ほども思ってはいなかった。

(何も知らぬということは、それはそれでけっこう惨《むご》いものなのだな。これでは、どちらに転んでも救われぬ)

サマラは胸の内でひっそりともらした。

「そうだ。それで最後は怒り狂った夫にふたりとも殺されてしまうのだ。まぁ、自業自得ではあるがな」

それがキラとイリスに対するルシアンの当てこすりだと、思わない者はない。

キラは別段動じたふうもなく。

「かしこまりました」

声音すら変えず、典雅な物腰でその場に腰を下ろすと付け爪を指にはめて竪琴《たてごと》を構えた。

キラの細くしなやかな指が、流れるように弦を弾く。

強く。

弱く……。

跳ねて。

滑り……。

掻き鳴らす。

竪琴の音色には弾き手の心が宿るという。口先だけで事を成そうとする者の言葉が、そらぞらしく耳を騒がせるように。あるいは、たとえ口調はたどたどしくとも、真実を語る言霊が熱く胸に染み入るかのごとく。

キラのそれは、なんとも言い難い、摩訶《まか》不思議な透明感に包まれていた。哀《かな》しくも、せつない、そんな響きがあった。

くせのない銀髪のしなやかさに、優しげな細面《ほそおもて》に、目も耳も心さえも惑わされるのか。それとも朗々たる歌声の冴えが澄んだ音色に映えてなんとも言い難い情景を醸し出すのか。

ある者は、そこに、キラ自身の生きざまを重ねて見たのかもしれない。また、ある者は良心の呵責《かしやく》に耐えかねて唇を震わせたかもしれない。ただわけもわからず不安に胸を押されて息が詰まった者もあるだろう。

しかしながら、憎悪で黒く塗りつぶされたルシアンの目には、そんなキラの変貌がひどく許しがたいものに思えてならなかった。

（……なぜだ？　こやつは私を裏切った下種《げす》のはずなのに、どうして、この場の誰よりも輝いて見えるのだっ！）

あれから二年。

ルシアンはそのとき初めて、二年の歳月を強く意識した。

間近にしたキラが、ずいぶんと大人びて見えた。

優しげな顔立ちから甘ったるさが失《う》せて、その分、彫りの深さが際だったような錯覚すらした。にもかかわらず、あの頃の凛然とした瑞々《みずみず》しさは少しも損なわれてはいないのだ。

ルシアンには、それがどうにも納得できなかった。

美しく着飾ったこの場の誰よりも、キラが輝いて見える。そんな不条理は、たとえ幻覚であっても許されるべきではないと思った。

下種は下種らしく、罪を恥じてしかるべきなのだ。

ルシアンは眦《まなじり》を吊《つ》り上げた。

キラは目を伏せようともしない。好奇に満ち満ちた満座の視線を浴びてもたじろぎもしなかった。

キラは、なぜ、ああも平然と落ち着き払っていられるのか。

わからなかった。

納得できなかった。

了知することができなかった。

ただ——そんなキラがどうしても許せなかった。

胸の奥底でぐつぐつと煮えたぎる憤りは、やがて、キラの清廉さを土足で踏みにじってやりたいという屈折した昂《たか》ぶりとなり、ルシアンの身体を芯から焦がした。

竪琴の音が低く震えて静かに消えた。

人々は、はっと夢から覚めたように互いの顔を見合わせた。まばらな、どこか気もそぞろなざわめきが彼らの気持ちを代弁しているかのようであった。

もとより、キラはなんの期待もしてはいなかった。皮肉まじりの罵声が上がらないだけましだとすら思っていた。

だが。このまま何事もなく、すんなり事が済むはずがない。それは、好奇の目でひそひそと囁《ささや》き合うこの場の誰よりも、キラ自身が確信していることでもあった。

ルシアンはぐびりと杯を干すと、片頬で冷たく笑った。

「さすが、よな。相も変わらず、人をたらし込む術《すべ》だけは長《た》けておるわ。まあ、よい。ここへ来い。褒美《ほうび》に酒をとらせる」

ディランが、サマラが、一瞬顔を曇らせた。

アスナスら重臣が、あからさまに舌打ちをする。

それでも、ルシアンは平然としたものだった。

ざわめきが波を打ち、ルシアンとキラを取り巻く好奇と不安を孕《はら》んで視線が一度に爆《は》ぜた。

「どうした？　まさか、私の酒が飲めぬとは言うまいな」

飲み干した杯を差し出してルシアンが強《こわ》い目で促した。

肌を刺す鋭い視線を無言で受け止めたまま、キラはしずしずと歩み寄り、ルシアンの手からじかに杯を押し頂いた。

「心配するな。入れたくとも、毒など一滴も入ってはおらぬわ」

なみなみと酒を注《つ》ぎながら、ルシアンが冷たく笑う。

作法通りに、キラは一気に飲み干した。

「ありがとうございました」

飲み口を軽く指で拭《ぬぐ》い、キラは杯を捧《ささ》げ持った。

身体《からだ》に馴染《なじ》んだ優美な所作であった。

「いまだに小姓のくせは抜けぬか。それとも、いつもその手で相手の気を引いておるのか。おまえのように主《あるじ》も持たず、ひとつところに身を落ち着けもせずに流れ歩く吟遊詩人を流れ詩人と呼ぶそうだな」

「さようでございます」

「その流れ詩人の中には芸よりも身体で稼ぐ輩《やから》がいると聞いたが……。おまえの一夜の値は、いくらだ？」

あられもない嘲笑に、イリスが真っ青な顔つきで、なじるようなすがるような哀しい眼差しでルシアンを凝視した。

キラは、かすかに目を伏せたまま顔色ひとつ変えなかった。

「今更、気取ることはあるまいが。おまえの得手《えて》は、閨《ねや》で男を悦《よろこ》ばせる手練手管であろう」

どこまでも辛辣《しんらつ》な口調であった。

「陛下。そのように、ひとりだけに長々とお声をかけられては他の者に示しがつきませぬ。どうぞ、そのくらいになさって……」

見かねて、アスナスが窘《たしな》めるように口を入れるが。

「いくらだ？　それとも何か、男であれ女であれ、抱かれてさえおれば金もいらぬか」

ルシアンは執拗《しつよう》だった。

その嘲りが毒を孕めば孕むほど、キラはなぜか、ひどく冷めていく自分を意識しないではいられなかった。

うかつに言葉を返せば、それが倍になって心を抉《えぐ》る。わかりきったことである。

たとえ底の底まで落ちた身であっても、正面切って嬲られれば、やはり古傷は疼《うず》く。傷口を抉られれば血が滲《にじ》む。他人目《ひとめ》には決して見えない痛みであった。

キラはかたくなに沈黙を守った。

罵倒も、皮肉も、嘲笑も、そのどれを礫《つぶて》にぶつけられても、キラは崩れなかった。

それを目にして、ルシアンは抑えきれない憤激で目がくらんだ。激昂《げきこう》するあまり、ついには口に出してはならない禁句を放ってしまった。

「イリス。おまえも、さぞかし口惜しかろう。こやつはな、ハマーンで歌を聴かせる代わりに物乞いをしておった。おまえのためならば命もいらぬと豪語した下種が、今ではこのざまよ。どうだ、愛想が尽きたか？ それとも懐かしさのあまり、身体が疼いて声も出ぬか？」

あまりに突然、凶悪としか思えないルシアンの視線に射貫かれて、イリスは顔面蒼白《そうはく》であった。血の気の失せた唇はわななき、もう一言でも何かを言われたなら、そのまま卒倒してしまうのではないかとさえ思われた。

「陛下っ！ いくらなんでもお戯れが過ぎまするぞ」

さすがにたまりかねて、アスナスが声を荒らげた。

そして、唐突にキラは知る。この二年間、うなされ、自分の悲鳴で目が覚めるあの地獄にも似た日々を、イリスもまたその身で味わってきたのだろうと。

マイラという愛《いと》しい存在があっても、憎悪は永遠にくすぶり続けるのだろうか。そんな思いに駆られ、キラはわずかに唇の端を歪めた。

「どうだ、キラ。いっそのこと、今宵はおまえを買って、誰ぞに命じて腰が立たなくなるまで抱かせてみるか？ それもまた、一興よな」

「御容赦ください。仰せのごとく、今はその日暮らしの流れ詩人にございます。わたしごときでもない。

下賤《げせん》の者を相手に、戯言も、過ぎれば御名にかかわりましょう」

ルシアンを諫《いさ》めようなどという思い上がりは微塵《みじん》もなかった。イリスを庇《かば》ってみせたわけでもない。

言葉に憎悪が絡めば、それは口をついて出る凶器に等しい。凶器は身体ではなく心を抉る。

キラはただ、二年前と同じ轍《てつ》を踏みたくなかっただけなのだ。

けれど。ルシアンは憤怒にまかせてキラを殴りつけるでもなく、罵倒するでもなく、唇の端で冷たく自嘲の笑いを嚙み殺してみせた。

「ジオの帝王たる面目なぞ、とうの昔に潰《つぶ》れておるわ。飼い犬に手を嚙まれた男の阿呆面《あほづら》を天下に晒してきたのだ。今更、泣いて惜しむ名など持っておらぬわっ」

それがわけもなくずしりと胸にこたえて、キラは返す言葉もなかった。

あの夜。イリスの懇願に負けて逢瀬の手引きをしたのはキラであった。

その真実を、我が身かわいさの嘘《うそ》でねじ曲げたのはイリスであった。

アスナスたち重臣が、大義を名分にしてそれに乗じた。

そして、一言の弁解も許さぬままにルシアンは憎悪で愛を断ち切った。

それですべてが終わった。

――――はずであった。

深々と抉られた傷も、時とともにいつか癒《い》える。それがただの愚かしい思い上がりにすぎないのだと、痛烈に自覚させられた者たちは内心で臍《ほぞ》を噛んだ。

誰もが固唾《かたず》を呑んでいた。

ルシアンの、あまりの情の強さを見せつけられて声も出ないありさまであった。実妹を情け容赦もなく満座の晒し者にしてまで……自身の傷を指で抉ってみせるほど、ルシアンはキラを憎むのかと。

「なぜ、なんのためにもどってきたのか。などとは聞かぬ。そのようなことを問うてみたところで、酒の肴《さかな》にもならぬわ。だが、その面を見せて、このまますんなり帰れるとは思っておるまいな?」

では、何をどうするつもりなのか。

キラはそれを問わなかった。思うより先に、鈍く光る剣の切っ先が頬をゆるくなぶったからである。

「陛下っ!」

「ルシアン様っ!」

ワイデルのだみ声が、ディランの叫びが、ほとんど同時に弾けた。

「騒ぐなっ。ただの余興だ」

ルシアンの鋭い一喝で、浮いたワイデルの腰がぎくしゃくと落ちた。

誰もかれもが、芯から凍りついたように身じろぎもしない。

ルシアンは握りを変えて白刃を上に向けると、そのまま、嬲るようにゆっくりキラの喉を突いた。

「下種には下種の生きざまがあろう？　二度と人前で歌えぬように、この喉を潰してくれようか」

「それで、陛下のお気が済まれるのですか？」

恐怖に声を震わせるでもなく、したたかに開き直ってみせるでもなく、口調はあくまでなだらかであった。死という避けがたい一点を見つめて過ごすキラゆえの、なんとも形容しがたい静謐さであった。

ルシアンの双眸が鋭く切れ上がった。

どす黒い憤怒が髪の先まで浮き上がらせるようで、居並ぶ者は皆、今しもキラの喉から血飛沫《ちしぶき》が上がるのではないかと頬を引き攣らせた。

ルシアンとキラの間で張り詰めたものは、そこでぷっつりと切れもしなければ、わずかに撓《たわ》みもしなかった。

「二年で面の皮もだいぶ厚くなったとみえる。まあ、いい。ひと思いにあっさりけりをつけたのでは余興にもならぬわ。それより、じわりじわりと縊《くび》り殺してやろう」

それがただの威《おど》しでも毒を塗り込めた捨て台詞《ぜりふ》でもないことを、キラは骨身に染みて知っている。身体の傷は時間がたてば癒えもするが、裂けた心を繕う術はないのだ。

（……いいえ、ルシアン様。二度目はないのです。二年前のあの夜に、ぼくは死んでしまいました。あとは、この身がただの土塊《つちくれ》にもどる日を待つだけ……。それももう、それほど先のことではないでしょうが）

愛は甘美な思い出になり得ても、憎悪は決して過去にはなり得ない。それが人の世の常だと思った。

そのとき、胸の芯がじんと熱く疼いた。

身の置き所のない、満座の晒し者であることの耐え難さでもなければ、度の過ぎた感傷でもない。キラだけが知る、あの予感であった。

「では、これにて退出《さが》らせていただいても、よろしゅうございますか？」

ルシアンは頷《うなず》きもしなければ否とも言わなかった。ただ剣を収めてキラを見据えたまま注がれた酒にぐびりと喉を鳴らしただけであった。

どこまでも冷たく、ひりひりと痺《しび》れのくるような眼差しであった。

殺意よりも険悪な憎悪が黒瞳の底でゆったり蠢いているような、熱く、震えのくるような目つきであった。

キラは無言で深々と頭を垂れた。そのままゆらりと立ち上がり、肩衣の裾を鮮やかにひるがえした。

が――――。

足取りの優雅さとは裏腹に、ルシアンから一歩遠ざかるごとに顔色は蒼ざめ、唇は血の気を失っていった。

しかし――――。

居並ぶ者たちの目には、それはそれで、少しも不自然ではないようにも思えた。

なぜなら。ルシアンとキラの、手に汗を握るような息詰まる対決の緊張が溶け、彼ら自身、安堵《あんど》のため息に大きく胸を喘《あえ》がせていたからである。当事者であるキラなら、顔色が変わってもおかしくはない。

むしろ。張り詰めた虚勢がゆるんで初めてルシアンの憎悪の深さを思い知らされ、背筋も引き攣っているのではないか。声をひそめたまま、そんなふうに囁き合う声すら聞かれた。

キラは歩いた。

ともすれば眩暈《めまい》に足をすくわれそうになる我が身を叱咤《しった》しつつ、小刻みに震えのくる唇を噛みしめて。ルシアンの前で不様な真似《まね》は晒したくない。それだけを唯一の呪文のように、歩いていった。

まだ……。

…………まだだ。

せめて、扉の先まで…………。

(ルシアン様の目の届かないところまで)

その気丈さも、大広間の扉に手をかけたときが限界であった。

迫りくる死の女神《ネ・フェル》の真紅《あか》い爪で心の臓を鷲摑《わしづか》みにされた気がした。とたん、四肢が硬直して悲鳴も喉で凍りついた。

空になった酒の樽《たる》を抱え足早にすれ違った下女が思わず足を止めて振り返るほど不自然に、キラはその場にうずくまった。

「あ、あの……もし………」

うろたえたような下女の声を遠くに聞き、それでもなおキラは扉の向こうへ這《は》おうとした。吐息はすでに肩を大きく喘がせるほどに荒く、鼓動は早鐘のように胸を掻きむしった。

身体をふたつに折って呻《うめ》くたびに四肢が冷たく痺れていく。キラは脂汗を滲ませ、震える唇で悲鳴を嚙み殺した。

このまま、不様に、この世とあの世の轍にはまってしまうのか。

その思いに意識すら薄れかけたとき、キラは、不意に何か熱く力強いものに抱きかかえられたような気がして夢中でしがみついた。

まだ。

（ネ・フェルよ、まだ………）

まだ。

（春は……遠い）

わななき蒼ざめた唇に血が滲む。
キラはただひたすらに祈り続けた。
神《ソーマ》、に。
死の女神《ネ・フェル》、に
そして、我が運命《さだめ》に……。

§ 慟哭《どうこく》 §

満月の宴が執り行われている大広間のざわめきから離れた別室。

「どうだ、キラの様子は？」

声をひそめ、サマラが問う。

「一応は、落ちついたようだ」

「一応……とは、どういうことだ」

「この先、同じことが起きぬという保証はないということだ。心の臓がひどくやられているようだ。発作もこれが初めてではあるまい」

ジェナスは歯切れ悪く言葉を濁し。

（おそらく、次の夏まではもつまい）

その予感を無理やり呑み込んだ。

サマラは、あえてその先を促そうとはしなかった。ジェナスの口ぶりに不吉な影を見たからである。

あのとき、キラの異常を誰よりも先に感じ取ったのはサマラであった。

――何か、おかしい。

キラとルシアンがかもし出す異様な雰囲気に呑まれてか、誰も、その異変に気付かない。ルシアンの肝いりで『ハマーンの流れ詩人』が宮中に召された。その噂に浮かれてざわつく者たちとは違い、その真の意味に気付いたサマラの胸中は複雑を通り越してある種の恐怖であった。祝宴が修羅場と化すのではないかと。

その予感は的中した。

それでも。余興という名の最小限度の被害で収まったのは、ひとえにキラの冷静な言動のたまものであった。

誰もが心の底から胸を撫《な》で下ろしたに違いない。

まったくもって、キラには頭の下がる思いであった。

そんな気丈すぎるキラの後ろ姿が一瞬、ふらついたように見えた。ただの気のせいかとも思ったが、どうにも胸騒ぎを覚えて、サマラは足早にキラを追ったのだった。すると、大広間を出てすぐに、いきなりキラが崩れた。

よろめいたのではない。不自然なほどぎこちなく、キラはその場に崩れ落ちたのである。

身体をふたつに折り曲げて呻き声を噛み殺すさまは、なぜか不気味ですらあった。なんとも言い難い怖気すら覚えて、脇腹がひくひくと引き攣れた。

「キラ、どうした。キラ」

声をかけても返事はない。いや——声すら出せないのだろう。

抱き上げた腕にきつく食いこむ細い指。十八歳の成年男子とはとうてい思えない異様な軽さが妙に生々しく思い出され、サマラは半ば無意識に唇の端を歪めた。

そのとき。遠慮がちにこつこつと部屋の扉を叩《たた》く者があった。

ジェナスがちらりとサマラを見やる。

サマラはこくりと頷き返した。

ジェナスが扉を開ける。訪問者はイリスだった。あまりの間の悪さに、サマラは思わず舌打ちをしたくなった。

「入っても……かまいませぬか？」

ジェナスは一瞬ためらい、それから無言で招き入れた。ここまで供をしてきたアズリは当然のように中へと続こうとしたが、イリスの目配せに渋々足を止めて部屋の外で待機した。

なんとも大胆すぎるイリスの振る舞いだが、もはや、それを咎《とが》め立てる気にもなれないジェナスであった。

「キラが……倒れたそうですね。本当なのですか？」

情報が早すぎる。いったいどこから漏《も》れたのだろうかと、ジェナスは思わず天を仰ぎたくなった。

「大事ありません。緊張が過ぎての立ち眩《くら》みでしょう。奥の部屋で休んでおります」

「そう……ですか」

イリスはほっと安堵したようにこわばりついた頬をわずかに緩めた。それがあまりに痛々しくて、ジェナスは思わず目を伏せた。

「ちょっと様子を見てまいります」

イリスは一緒について行きたそうな素振りで口を開きかけたが、結局、あきらめたように目線を足下に落とした。

ジェナスはイリスの相手をサマラにまかせて奥の扉を静かに開き、中に入ってゆっくり閉じると、長く重いため息をついた。

寝台に横たわるキラの蒼ざめた横顔が哀れを誘った。

犯してもいない罪を背負わされて王宮を追われ、この若さで心の臓を病むほどの孤独を抱えて生きてきたのかと思うと、どうにもたまらなかった。

血の気の失せた唇に、わずかに血がこびりついていた。激痛のあまり、唇を嚙み切ったのだろう。

額にうっすら汗が滲んでいた。そのひとつひとつを布で丁寧にぬぐってやりながら、ジェナスは己の無力さを感じないではいられなかった。

（薬師などなんの役にも立たぬではないか）

まさか、そのつぶやきに誘われたとも思えないが、キラがうっすらと目を開けた。

「大丈夫か？」

キラは静かに胸を喘がせた。

「気分は、どうだ？」

「お手数をおかけして……申しわけ、ありません………」

抑揚のないかすれ声であった。

「丸薬を作っておいた。持って帰るがいい。二粒だ。忘れずに飲むのだぞ」

「ありがとうございます」

束《つか》の間《ま》、ジェナスは言おうか言うまいかと思いあぐね、やがて、意を決したように声をかけた。

「これに懲《こ》りて、あまり無理はせぬことだ。できれば、歌はもう止《や》めにするのだな。おまえほどの竪琴の腕があれば、歌は聴かせずとも食うには困るまい？」

「歌わない詩謡《うたうた》いなど、羽根をもがれた鳥と同じです。笑い話にもなりません」

キラは唇の端でさびしげに笑った。

「それは、そうだろうが」

「大丈夫です。春は、まだ遠い先のことですから」

奇妙に意味ありげな言い回しに、ジェナスはどきりと頬をこわばらせた。

「ナイアスの花吹雪を見たくて、もどってきたのです。あれは、本当に美事《みごと》で……。いつも、どこにいても夢に見ましたから。まるで薄紅《うすくれない》の雪が舞い散るようで。あの花吹雪の中で静かに眠れたなら、どんなに幸せだろうかと」

ジェナスは自分の鼓動の荒さをキラに聞かれてしまうのではないかと恐れ、一瞬、息を殺した。

そんなジェナスの胸の内を見透かすように、キラは涼やかな目を向けた。

「お気付きになられたのでしょう？　ぼくは……もう、そんなに長く生きてはいられない」

ジェナスはキラを凝視したまま、二の句が継げずに絶句した。

「たぶん、次の夏は望めないと」

「そ…んなことは、ないっ」

ジェナスは怒りを感じて思わず拳を握りしめた。

何に？

誰に？

なんのために？

こんなことがキラの運命というのなら、あまりにも理不尽のように思えて。神の無慈悲を前にして、なんの助力にもなれない自分がただただ情けなくて。

「そんなことはないっ。なんでもわかりきったような顔で、そんなふうに、あっさり決めつけるな。歌をやめて、静かに養生すれば元気になる。滋養のあるものを食べ、身体を休め、気長に体力をつけていけばいいのだ」

死を自覚している者に、今更そんな気休めを言って何になるのか。そうは思いながらも、それでもジェナスは言わずにはいられなかったのである。

「お心遣い、感謝いたします」

真摯な眼差しであった。運命は運命として甘受してなお、明日を静かに見つめようとする目であった。

ジェナスは足に震えのくる思いがした。

人は、これほど見事に迫り来る死を昇華できるものなのだろうかと。

キラの蒼く冴えた双眸に、吸い込まれてしまいそうな気がした。

死の予感にふれてたじろぎもせず、今の境遇を自嘲するでもなく、それどころか己の不幸を哀れんでもいない。不思議に澄んだおだやかさを得るまでに、幾度慟哭したのか。血を吐くような絶望を何度嚙みしめたのか。

それを思って真一文字に唇を引き絞ったとき、過ぎた日々を恵まれた暮らしの中で見送ってきたジェナスは返す言葉すら見失ってしまったのだった。

なんともしれない熱い疼きが不意に胸を焼いた。

深く静かにそれはジェナスを締めつけ、やがて、小刻みな唇の震えにとって変わった。

そして、扉一枚隔てた部屋の向こう側で。

不安な面持ちで少しだけ扉を開いて中の様子を窺っていたイリスは、自分が犯した罪の重さに耐えかねてその場で崩れ落ちた。

そんなイリスを腕に抱きかかえたまま、サマラは、一歩も動けずにいる我が身の不甲斐《ふがい》なさを呪った。

一年前。あの事件のあと、何も知らずに任地からもどってきたアジマにそれを告げたのはサマラだった。

事が事であった。王宮を揺るがす大醜聞であったから、人の口に戸は立てられない。中傷めいた噂に晒される前に、事実は事実として、ありのままに告げたほうがいい。そう判断したからである。

驚愕のあまり、呆然《ぼうぜん》自失となったアジマの耳元で。

『忘れろ、とは言わぬ。だが、間違っても死んだ子の年齢を数えるような真似だけはするな。あれは、もう済んだことなのだ』

固く言い含めたのもサマラであった。

だが。結局、アジマは忠義と良心とイリスへの愛情の板ばさみに耐えきれず、自ら遠くセネカの地を志願し、それっきり二度ともどってはこなかった。

『サマラ。すまぬが、私は……逃げる』

低くかすれた声でアジマがそう切り出したとき、おそらくはそれがアジマにとってもイリスにとっても、ひいては王宮のためにも最善の解決策であると知りながら、

『針のむしろにイリス様をひとり残して逃げ出すのか？』

思いがけずそんな皮肉が口をついたのは、やはり、共犯者としての罪の意識が強烈であったからだろう。

アジマは唇を引き攣らせ、次いで目を伏せた。

『確かにな。自分のしでかした不始末の尻拭いもできずに逃げ出す。とんだ卑怯者《ひきょうもの》だ、私は。何をどう罵倒されても返す言葉もない』

『すまぬ。さすがに言葉が過ぎた』

苦々しく言葉を濁しながら、サマラは唇の端を歪めた。

『どこに逃げたところで罪の意識は一生ついて回る。わかってはいるのだ。だがな、サマラ。このまま何もなかったような顔でルシアン様のおそばに侍っていられるほど、私は恥知らずでもないつもりだ』

アジマは真摯に懺悔《ざんげ》した。

『我が身ひとつのことならば死んでお詫《わ》びもできようが、今更それもできない。まして、人ひとりの人生を土足で踏みにじってしまった事実は消しようもない。キラになんと言って詫びればよいのか……。ひざまずいて許しを請いたくても、その術がない。その資格もない。今の私

には、何をどう蔑まれようと、ここから逃げ出すこと以外何も思いつかないのだ。たとえ何年かかろうが、己の良心が許さぬ限り、ここへもどってくるつもりはない。そうしなければ、これから先、私は人として生きてはゆけない』

最後の言葉は、まるで喉を裂く鮮血のほとばしりを思わせた。

今、それが、鋭い牙となってサマラの胸を深々と抉った。

誤解と嘘にねじ曲げられた真実は、葬り去られた闇の底でひそかに時を数え、歪められた幸福は砂の楼閣にしかすぎないのだと嘲笑っているのだろうか。過去の暗流は、今、死の女神の手に委ねられたキラの余命と対を成す運命のごとく、不気味に胎動しはじめていた。

＊＊＊

「本当に、もう、大丈夫なのか?」

「はい、お世話になりました」

「無理をせず、もう一晩、ここに泊まっていったらどうだ?」

心配げに眉を寄せるジェナスに、キラは真摯な面持ちでゆったり頭を振った。

「冗談にもそのようなこと、二度とおっしゃらないでください。もしも、誰かに聞かれでもしたら……。人の口は容赦がありませんよ、ジェナス殿。お気持ちだけ、ありがたく頂いておきます」

「ならば、宿まで送っていこう」

キラはそれも堅く辞した。

ジェナスの申し出がうすっぺらな同情や押し付けがましい憐憫《れんびん》でないのはわかっていた。まやかしのない真心が胸に染みたからこそ、キラは恐れた。ルシアンの憎悪の深さを。

噂は、常に尾ひれが付いて膨《ふく》れ上がるものなのだ。だとしたら、火のない所に煙を立たせるような軽はずみな真似だけはしてはならないと。

夜も更けてますます華やぐ王宮に背を向け、キラは歩き出した。ちらりとも振り返りもせずに。

夜の静寂はこそともしない。キラの足にまつろう蒼白き闇は、ひっそりと、冷ややかに、そしてどこまでもおだやかであった。

宿は、町外れの木賃宿であった。

女の盛りを幾分すぎたかのような宿の女将《おかみ》は、宿代を受け取ると無愛想に蠟燭《ろうそく》のついた燭皿を手渡した。

じりじりと芯が焦げるたびにどこか獣臭い特有の臭いを放った。

ちろちろと揺れる灯に、闇が虚《うつ》ろにさざめき揺れる。

薄い壁を通して、どこからか、酔いに巻かれた豪快ないびきが響いてくる。

キラは静かに扉を閉じ、ほっとひと息ついた。

日ごと夜ごとに主人の変わる仮の宿には、なんとも言い難い寒々しささえこもる。今宵は、特に。

ただの幻と知りつつ、目にも鮮やかな宴のまばゆさに、夢の残り火が未練げに疼いたわけではなかった。

耳にこびりついて離れないのだ。ルシアンの言葉が。一夜の値はいくらだと蔑んだルシアンの、憎悪に歪んだ黒瞳が忘れられないのだった。

「……『おまえは誰』とわたしが問い。『私はあなた』と影が言う……」

古い歌の一節を口にして。

「笑ってしまうね、本当に」

キラはひとりごちた。

焦がれて。

焦がれて。

想いの丈を込め………。

それゆえ、この世の地獄に突き落とされたとき、最後に愛する者の手にかかって死にたいと願った。その唯一の願いさえ叶《かな》わなかったが。

ルシアンの双眸には、もはやまやかしの我が身しか映ってはいないのだと思うと、泣けてくるはずが、なぜか虚しく笑えてしまうのだった。

「この身体がいくらで売れるのか、教えて欲しいのはぼくのほうだ」

消したくとも、二度とは消えない烙印《らくいん》がある。ルシアンはもうそのことすら覚えてはいないのだろう。その現実が病んだ心の臓をきりきり抉るのだった。

§ 懺悔 §

満月の宴から三日後。

あれ以来いっこうに食も進まず、イリスは生気の失せた眼差しでぼんやりと遠くを見つめて過ごす日々だった。

心、ここに在らず…………。今にも儚《はかな》く消えてしまいそうな風情だった。

イリス付きの女官も侍女も、そんなイリスを見るに忍びないのだろう。陰でそっと目元をぬぐう姿が日常と化していた。

ひっそりと、まるで一度に火が消え失せてしまったかのような『二の宮』に比べ、マイラを擁《よう》した『三の宮』の華やかさがよほど神経にさわるのか、普段はいたって人当たりのよいアズリの口も、ともすれば恨めしげに吊り上がりぎみであった。

その夜。

いつものように沐浴《もくよく》を終え、侍女の手できれいに髪を整えられたイリスは、窓辺にゆったりと身体をあずけ、ほとんど聞き取れないほどのかぼそい声で歌を口ずさんでいた。

昔、乳母のアーシアがイリスが寝付くまで何度も歌ってくれたラッカの古い子守歌。くり返し、くり返し、まるで何かに浮かされたような声で歌っていた。

アズリはイリスのために夜具を整えながら、ときおり心配げに目をやり、また黙々と手を動かす。

日ごとにやつれていくイリスのために、せめて、夜だけはぐっすり眠れるようにとの願いを込めて香を焚《た》き込める手にもこまやかな愛情が満ちていた。

イリスに仕えて十年。アズリにとっては、イリスとの毎日がすでに身体の一部になっているのだった。

そのとき。イリスがなにげなくぽつりともらした。

「ねえ、アズリ。身体の中を流れる血は犯した罪の重さだけ淀んで黒くなると言うけれど。あれは、本当のことなのかしら?」

「……え? なんとおっしゃいました?」

思わずアズリは振り向き、そして凍りついた。

護身用の短剣が、イリスの手の中で鈍く光っていた。

「赤いわ……。なぜ? どうして、こんなに赤いのかしら? おかしいと思わない? ねぇ、アズリ。わたくしは恥知らずな科人《とがにん》なのに……。どうして、わたくしの血はこんなにも赤いのかしら」

うわ言のようにつぶやきながら、イリスは虚ろにため息をもらす。そのたびに、滴る血で夜着が赤く染まった。

アズリは、束の間、毒々しいまでに赤い血に魅入られたかのように双眼を大きく見開いた。そして、次の瞬間、手にした香炉を投げ捨ててイリスに走り寄った。

「姫様。イリス様ッ。短剣をお放しくださいっ。姫様ッ！」

血にまみれたイリスの手を摑んで布にくるみ、身体中をおこりのように震わせて絶叫した。

「だ…れか……だれかぁ――――っ！」

＊＊＊

一夜明けて。

「わたくしが……キラを殺してしまうのですね」

正気を取りもどしたイリスは、痛々しいほどやつれた声でそうつぶやいた。

アズリも侍女も下がらせた部屋には、沈痛な面持ちでサマラが控えているだけである。

サマラは返事に窮し、苦しげに眉を寄せた。真実に口をつぐみ、キラを捨て石にして目を背けた共犯者を自認するサマラにとって、イリスの言葉はそっくりそのまま我が身を抉る痛みでもあった。

すべてはジオの輝かしき未来のために。

国の行く末を憂う忠節から出た大義のみを振りかざし、情意の欠片《かけら》もなくキラを排除したあのときから、負い目は一生消えない烙印となったのだ。その罪と罰を、ぬくぬくとした日々の暮らしの中で忘れ去ろうとした者たちへの、これは天が下した鉄槌《てっつい》ではなかろうか。

キラが――逝く。

それは、自分たちが……レア・ファールカが過去と現在と未来においてすべての責任を負わなければならない宿業に他ならない。

あの日、毒と憎悪を込めてルシアンが引き裂いたものは最愛《キラ》であった。

真実であった。

ルシアンの魂であった。

同時にそれは、たとえどのような犠牲を払おうと、こんりんざい暴かれてはならない過去《事実》でもあった。

一生涯をかけて貫き通さねばならない嘘がある。

キラが逝く。次の夏を望めないほどに病んでいる。

なんとも形容しがたい痛みは痛みとして、それでも嘘をつき通すこと。それが、真実を闇に葬り去った者の務めだとサマラは思った。

だからこそ、必要以上に堅く厳しい口調でイリスに自重を促さずにはいられなかった。

「イリス様。姫様の耐え難いお気持ちは、サマラ、重々承知しております。この身の置き所のなさは、我らとて同じでございます」

その言葉に嘘偽りはない。それでも、言わずにはいられなかった。

「しかしながら、いっときの情に流されて心をゆるめてしまえば、嘘で固めた壁に思わぬ罅割《ひび》れが生じてしまいます。さすれば、思いもかけぬものが外へと漏れてしまいます。そのようなことにでもなれば、我ら一同……このレア・ファールカそのものが揺らいでしまいます。イリス様、重ねてお願いいたします。今はどうぞ軽はずみな真似はなさいませぬよう、くれぐれも御自重くださいませ」

キラの死が避けられない予兆ならば、真実の露見だけはなんとしてでも阻止しなければならない。サマラは切にそう願った。

だが、イリスは。

「サマラ。あまたの美姫には目もくれず、兄上様が、なぜ、ああもマイラを愛おしくお思いあそばすのか。あなたは……そのわけを知っていますか？」

思いがけないことを口にして、サマラを困惑させた。今の今、イリスがなぜそんなことを言い出したのか、わからなくて。

「キラに……似ているからです」

サマラは思わず声を呑んだ。

むしろ、その逆ではないのか。

ルシアンの寵愛《ちょうあい》に決して驕《おご》らず、常に一歩引いた佇《たたず》まいのキラとは真逆の天真爛漫《らんまん》さが、ルシアンの深く抉れた心の傷を癒やしてくれた。サマラたちは皆、そう思っていた。

「マイラはキラに似ていてよ、サマラ。見かけよりも、もっとずっと深いところで……」

確信を込めて、イリスは断言する。

マイラのあの天真爛漫な笑顔は、自分たちが王宮の庭で手と手を取り合って遊び暮れた在りし日のキラに酷似していた。兄のことを『るーしゃま』と呼び、イリスを『すーちゃま』と呼んだ。キラだけが、自分たち兄妹をそんなふうに呼んだ。

めくるめく幸せな日々の中で、キラが見せた笑顔《あどけなさ》を思い出させずにはおかなかった。

マイラは知らないだろうが、イリスは知っている。兄が、あの頃と同じ顔でマイラを見ていることを。

「なのに、誰も気付かないのです。どうしてなのか、わかりますか？」

――わからない。

いや……。気付いているのに、あえて見ないふりをしているだけなのか。今になって、サマラは反芻《はんすう》する。

「誰もが、心の底から安堵しているからです。マイラが兄上様の御子を産める娘だから」

どきりとした。正しく、看破されて。

「無邪気で、あどけなくて、可愛《かわい》いマイラ。女であるというだけで誰からも疎まれず、愛を語り合っても何の誹《そし》りも受けない」

どんなに愛し合っていてもキラには許されなかったことが、マイラには無条件で許される。ルシアンの子どもを産めるというだけで。

「マイラが兄上様に愛されてますます可憐になっていくたび、わたくしは犯した罪の重さに我が身を切り裂かれていくようでした」

イリスには王族の姫としての制約と果たさなければならない義務があった。恋をしても結ばれることのない枷《かせ》があった。

下級貴族の男爵令嬢は王配になるには身分が低すぎて釣り合わないという格差はあっても、ルシアンに選ばれただけですべてが相殺された。

「女であることが罪を深くすることもあれば、女だからこそ、すべての免罪符になってしまう場合もあるのですね」

マイラが兄《ルシアン》を救ってくれたのだと、皆が言う。本当にそうなのだろうか。あったことはなかったことにはできないのに。

「あなたはわたくしの杞憂《きゆう》にすぎないと言うかもしれませんが、わたくしには、兄上様がそうとご自覚なさらないままに、マイラの中にキラの面影を重ねてごらんになっているように思えてならないのです。……ねぇ、サマラ。どんなに似てはいても、まがい物はけっして本物にはなれない。そうは思わなくて？」

いつか、ふと、それに気付いてしまったとき、ルシアンはどうするのだろう。何を思うのだろう。想像するだけで胸が苦しくなった。

「神様は、ひとつの魂を半分にちぎってふたつの身体に封印されるのだそうです。それゆえ、裂かれた魂は痛みに震え、狂い、欠けた半分を欲して求め、互いが互いを悲しいほどに呼び合うのだそうです。サマラ、あなたはそれがただの夢物語だと思いますか？」

それは女性たちが好む御伽噺《おとぎばなし》に過ぎないと、サマラは即座に否定はできなかった。満月の夜宴であれを見てしまったあとでは、もう何も言えない。そんな気がした。

「兄上様の対《つい》の相手が、キラであってはならない。誰もがそう思ったからこそ、皆、わたくしの罪を責めはしなかったのでしょう？」

正論は論破できない。何をどう言いつくろっても墓穴を掘るだけだからだ。

「マイラという恋しい相手がそばに侍っているというのに、わざわざ、満座の晒し者にして辱めるほどキラを憎む兄上様は、まるで恋物語の、憎むことでしか愛を成就できなかったアシャナ王のようでした」

忘れたくてもどうしても忘れられないから、忘れたくないほど愛した相手だから、自虐で古傷を晒してまで——憎む。それを見せつけられて、マイラはどう思っただろう。

恋は人を変える。よくも悪くも。ましてや、愛は恋よりもずっと重い情念だ。

「それでも、マイラは兄上様を愛するのでしょうね。キラのように、深く静かに愛していくのでしょうね」

もとより、イリスは確かな答えを求めたわけではなく、ただ、サマラ相手に腹蔵なく胸の内を晒け出してみたかっただけなのかもしれない。誰にも告げず、ひとり、心の中で幾度も反芻してきた——想い。声音は細くかすれてはいたが、口調に淀みはなかった。

長い……長い悪夢の果て、短剣を我が手に心が血しぶくほどに思い詰め、イリスは、そこに何を見出《みいだ》したのか。蒼ざめた頰は隠しようもないほどにやつれはしていたが、双の黒瞳にも物腰にも、何か憑《つ》き物が落ちてしまったかのようなある種の諦念さえ見て取れた。

「イリス様。ルシアン様はひとりの男であられる前に、このジオの帝王であらせられます」

努めて平静に、サマラはそれを口にした。

「わかっています。あのとき、あなたは言いましたね、サマラ。闇に封じたものは二度と暴かれてはならないのだと。一生胸に秘めたまま、あの世の果てまで持っていくべきだと」

「申しました。我らがどんなにもっともらしい理由をこじつけてみたところで、嘘で真実をねじ曲げてしまったという事実は消えません。キラに対する負い目は、生涯傷になって残るでしょう。しかし、それとても、ルシアン様がご自分の手で引き裂かれたものに比べれば、取るに足りない傷だと思っております。イリス様。ねじ曲げられた真実であっても、生涯それを貫き通せば嘘も真実に変わるものだと、わたしはそう思っております」

いや……そう信じたいのだ。それが、死守すべき一線だと思っているからだ。たとえ、それが白刃の上に築かれた危うい幸福であったとしても。

「そう……ですね。どれほど我が身を呪って過去を悔やんでも、それはただの自己憐憫でしかないのかもしれません。キラの死から目を逸らすことなど、許されないのですね。ならば、わたくしは、この目をそらさずしっかりと、自分の犯した罪の深さを見届けようと思います」

憎しみは愛情の裏返し。その言葉の意味を、今ほど痛烈に実感を持って自覚せずにはいられないサマラであった。

§　転機　§

時間《とき》がしめやかに移ろっていく。

人の心を、ジオの都を、それぞれの色に染め上げて季節が薫《かお》る。

九の月、下旬。

その日。ルシアンは朝議の席で。

「イリスを、アッシュのズール大公に嫁がせようと思う」

そう切り出した。

「ズール大公でございますか？」

あまりの思いがけなさに、アスナスが当惑の声を上げた。

「そうだ。ズール大公から直々の親書が届いた。ぜひとも我が妻に、とな」

「しかしながら、陛下。アッシュの総領とは申せ、ズール大公は、今春、十二歳になられたばかりと承っておりまする。姫を娶《めあわ》せるには、ちと年齢《とし》が……」

「年齢の差などなんの問題もなかろう」

王族の結婚は政略的な思惑が絡む分、恋愛感情は不要。それが常識であった。事実、ルシアンの両親もそうだった。

「お言葉ではございますが、アッシュは今、隣国サイロンとの国境にてたびたび小競り合いをくり返しておりまする。ズール大公が我が姫をぜひにと願うは、婚姻にかこつけて、ジオの威光のただ乗りをもくろんでいるのは必定。ましてや、アッシュは小国。姻戚を結んだところでこちらになんの利があるわけでもなく、それならば、もっと条件のよい縁談がたんとございまする」

アスナスの言い分はまさに立て板に水であった。誰もが如何《いか》にもと言わんばかりに顔を見合わせ、頷き合った。

王族の婚姻とは、国を挙げての大義である。すなわち、国と国とが、不可侵の誓約を交わす儀式である。ならば、駒は、自国が少しでも有利になるように動かすべきである。大義の前には個人的感情など入る余地はない。王族の子女たる者の、それは当然の義務であった。

が――しかし。

にべもなく、ルシアンは言い放った。

「条件のよい縁談とはいったいどれのことだ、アスナス。ラパンか、ウーゴか。それとも、ノルディアか？　あやつらの下心など見え透いておるわ。ウーゴのリムスごときは内々で『ソレルの姫を妻に迎えるならば、それ相当の持参金をもらわねば割に合わぬ』などと、ほざきおったそうではないか」

「陛下っ、お言葉が過ぎまするぞ」

「今更、過ぎるも過ぎぬもなかろうが。小姓相手に色恋沙汰《ざた》を起こしては醜聞は免れぬ。おまえが言うところの政略の駒としての価値など半減したも同然であろう。それを承知の上でなお我が妻にと望む輩の言葉など、はなから信用してはおらぬ。そんな男に嫁いだところで、事あるごとに古傷を持ち出されてはねちねち責められるだけだ。ジオの面目もあることだしな。そう思って、今の今までその類いの話は蹴ってきたが。……事情が変わった」

苦々しいというよりはむしろ棘々《とげとげ》しささえ孕んだルシアンの口調に、居並ぶ者は皆、一様にはっと顔を見合わせた。

「恥の上塗りをしおって。……莫迦《ばか》めが」

吐き捨てるような独白であった。

頬をこわばらせ、彼らは目を逸らせた。

痛々しいほどやつれたイリスの、両の手に巻かれた白い包帯。

きつい口止めにもかかわらず、情報はもれた。おそらくは、夜半あわただしく人が行き来する『二の宮』の異変を　目ざとく見咎めた『三の宮』の侍女たちの、眉を寄せたひそひそ話として。

噂は静かに、しかも素早く人の口を渡って流れるものである。さまざまな憶測の尾ひれを付けて。その上でなお、容赦なく。

「私に……いや、ジオにとって条件のよい縁談というのはな、アスナス。イリスの婚儀で何を得るかではなく、そのことで、これ以上何も損なわぬということよ。ズール大公はイリスを娶ること以外、なんの条件もつけてはおらぬ。この際、ジオの威光のただ乗りぐらいは仕方あるまいが。ま、それもこちらの腹を見透かしてか『ジオの七光など、所詮、我が国に力がなくばないも同然』などとぬかしてきおったがな。たとえ、それがズール大公自身の口から出た言葉ではないにしても、ことさらごてごてと大義名分を振りかざす輩に比べれば、はるかにましであろうが」

「では、そういうお話がございますと、それとなく姫のお耳に……」

「寝ぼけたことを言うな、ワイデル。イリスの承諾などいらぬわ。あれには、決まったことだけをありていに告げればそれでよい」

きつい口調でルシアンは言い放った。

そして、イリスは。

婚儀の日取りさえすでに決定しているズール大公との縁談話を、否も応もない事後承諾の形でアスナスの口から聞かされたのだった。

あまりに突然の、取り付く島もない縁談話に束の間呆然とし、淡々と告げられるそれが、間の悪い冗談でもなんでもないと知らされたとき、眦を吊り上げ、涙ながらに抗議したのはアズリであった。

そんなアズリや悔し涙にくれる侍女たちを前に、イリスは取り乱すでもなく途方に暮れるでもなく、むしろ、言葉おだやかに彼女らを窘めて小さく頷いた。

「承知いたしました。兄上様には、お骨折りくださってお礼の申し上げようもございませんと、伝えてください」

アスナスはまじまじとイリスを見やった。予想とはあまりにもかけ離れた冷静なイリスの対応ぶりに、心ならずも動揺を隠しきれなかった。

イリスはそれを告げられる間、ただの一度も目を伏せなかった。心の内で何かがふっきれたように凜と顎を上げてアスナスを見つめる姿には、たおやかな中にもソレルの姫としての自覚と気品にあふれていた。

＊＊＊

十一の月《ラ・クーン》。

イリスが慌ただしくアッシュへ嫁いで二十日が過ぎた。

ジオの都では、年に一度の豊穣の祭りでどこもかしこもごった返していた。

あちらこちらで市が立ち、至る所で大道芸人の妙技や珍技にやんやの喝采と嬌声が上がり、熱気と活気が渦巻いていた。

その日。

ルシアンは祭りが見たいとマイラにせがまれ、極力目立たない格好でという条件付きでサマラとディランを従え王宮を出た。もちろん、陰ながらの護衛はついていたが。

ルシアンとマイラは馬車で、従者たちはそれぞれ馬に乗り、王宮に一番近いトルファンの町で馬車と馬を預けてそのまま歩いて行った。

町は予想以上の賑わいであった。浮き立つ喧噪と人いきれの熱で、ただ歩いているだけなのに息が詰まりそうであった。

マイラは町中《まちなか》で人目も憚《はばか》らずにルシアンと腕を組んで歩けることがこの上もない幸せだと言わんばかりの顔つきで、

「本当にすごい人出でございますね、ルシアン様。まぁ、あんなところに蛇使いが」

興奮げに声を張り上げて、ルシアンの微笑を誘った。

「豊穣の祭りはあと三日もある。それほど気に入ったのならば、明日は別のところに連れて行ってやろう」

ふたりの背後に控えているサマラとディランは互いの顔を視線で流し見て、それは勘弁してもらいたい……とばかりに小さくため息をついた。

「嬉《うれ》しい。約束でございますよ?」

「あー。明日は何かおまえの好きな………」

言いかけて、ふと竪琴の音を聞いたような気がして、ルシアンは不意に口をつぐんだ。

そのまま足を止めて耳を澄ますと、どこからか風に乗って確かに竪琴の音色が流れてきた。

「どうか、なさいましたの？」

マイラは訝《いぶか》しげにルシアンを見上げた。

「……いや。なんでもない」

言葉を濁しながらも、再び歩き出したルシアンの足は、竪琴の音色に惹《ひ》かれるように右へ右へと流れていくのだった。

——と、いきなり。どこからともなく悲鳴じみた声が上がった。

ぎょっとこわばりつくように、人々が立ち竦む。

次の瞬間にはもう、堰《せき》の切れた川のごとく、我先にとどっと人の波が走った。

「おう、喧嘩《けんか》だ、喧嘩だっ！」

「ラタンで歌ってた銀髪だってよぉッ」

「しつこく絡んでやがったからなぁ、あの髭面《ひげづら》」

銀髪という言葉を聞き咎めて、ディランとサマラが思わず顔を見合わせた。

ふたりがためらいがちにルシアンを見やるより先に、すでにルシアンは大股で歩き出していた。驚きに目を瞠《みは》るマイラを半ば引きずるように。あるいは、その瞬間に、マイラの存在をうっかり忘れてしまったかのように。

「すまん、ちょっと通してくれっ」

幾重もの分厚い人垣をかき分けながら、ディランが怒鳴る。

人波にもまれながら、ルシアンが、サマラが続く。はぐれまいとルシアンの腕にしっかりとしがみついたマイラがもみくちゃになりながらもようやくのことで人垣の前に出たとき、あたりは不気味に静まり返っていた。

その中にキラがいた。

相手は大柄な男であった。

もともと酒癖が悪いのか。それとも、酒に呑まれての醜態なのか。赤ら顔の大男はだらしなくゆるんだ唇を下品に舐《な》めながら、露骨にキラを値踏みしていた。

「ありゃあ、見世物小屋の呑んべじゃねえか」

「かわいそうによ、あの兄ちゃん。悪い奴にとっつかまっちまったよなぁ」

遠巻きにひそひそと同情の声がもれる。

札付きの厄介者なのであろう。関わり合いになるのを恐れてか、誰も止めに入ろうとはしない。業をにやしてディランが一歩前へ出かけたとき、ルシアンが声音低く制した。

「ディラン、いらぬ世話は焼くな」

ディランは不服そうに眉根を寄せたが、言葉通りに退いた。

「よぉ、にいちゃん。お高くとまってねぇでよぉ、こっちゃ来いや。仲よく、しっぽり濡れようぜ。腰がとろけるまで、かわいがってやるからよォ」

キラは無言だった。酔っぱらい相手に何を言っても無駄だと思っているのか、冴え冴えとした眼差しを不快に歪めもせず、優雅とすら思えるほどの佇まいを崩さなかった。

男には、それが精一杯の虚勢とでも映ったのか。にやつきながら、力にまかせて掴みかかろうとした。

キラはするりとその腕をすり抜けた。

勢いあまり、男はよろけるように足をもつれさせて人垣にのめり込んだ。

男の不様な醜態に、嘲笑ともつかない失笑が湧き上がる。

それが男を激昂させた。

口汚く罵り、獣の咆吼《ほうこう》にも似た唸り声を発し、キラをめがけてどたどたと突進した。

キラは逃げなかった。口で言ってもわからなければ態度で示すよりほかにない。……とでも言いたげに、懐から鞣《なめ》し革を縒《よ》り合わせたような革紐《ひも》を手早く取り出すと、腰を落として低く構え、襲いくる男の顔面めがけてまっすぐにしならせた。

〝ビシッ！〟

容赦のない音が男の顔面で弾けた。

あらかじめそこを狙《ねら》いすましたかのような正確さで男の両眼を打ち据えた。

「ひっぃぃぃ〜〜〜ッ」

男は節くれだった両手で顔を覆い、その場にうずくまった。

あまりのあっけなさに声もないのか。あるいは、目にも鮮やかな一撃に見惚《みと》れてか、人々はしばし惚《ほう》けたようにキラと男を交互に見比べていた。

「やるものだな。いかな強者《つわもの》でも目と喉と急所は鍛えようがないものだが、あんなやり方をどこで覚えたんだ」

賞賛というよりはむしろ驚きであった。

昔、ディランはキラに懇願されて剣の稽古をつけてやったことはあったが、あんな一撃必殺じみた技は初めて見た。

そして、今更のように思い知るのだ。誰の庇護《ひご》も受けずに流れ歩く詩謡いには自分の身を守るだけの護身術もまた必要不可欠だったのだろうと。

間の外れた歓声と口笛が鳴りやまない中、キラはまるで他人事《ひとごと》のような足取りで人垣を抜けていく。陽《ひ》に透ける銀髪が吹き抜ける風にふわりと舞い上がったとき、ルシアンのもやった胸の内で何かが小さく弾けた。

「ディラン」

「はっ」

「マイラを連れて先にもどっておれ。サマラ、おまえもだ」

そっけない口調とは裏腹の、拒絶を許さない声音の低さであった。

それだけを言い捨て、ちらりとも振り返りもせず、ルシアンは早足に歩き出した。

その背を無言で見送る三人の眼差しは、それぞれの想いと思惑が絡み合い、複雑に屈折していた。

＊＊＊

賑々しい喧噪に背を向け、キラは黄落の道を脇目もふらずにひたすら歩いていた。

独りになりたかったのである。

身体にまとわりつくすべてのことが、無性に煩《わずら》わしくてならなかった。

誰もいない場所でひとり静かに天を仰げば、少しはのぼせ上がった頭も冷えるのではないかと思った。

(つまらない真似をしてしまった)

胸をよぎる苦い思いがキラの顔を曇らせる。

(あそこまでやる必要はなかったのに……)

あれは絡み酒が高じただけの無頼漢であった。打ち負かしたところで、なんの利があるわけではない。

病んだ我が身のことを思えば、むしろ素直に背を向けるべきであった。

人垣をかき分けて逃げようと思えば、それもできたはずである。軟弱者、臆病者と嘲笑われても、誰もそれを卑怯だとは誇らないだろう。

けれど。

キラは見てしまったのだ。ふと外した視線の先にルシアンの顔を。

……なぜ。

……どうして。

……こんな場所に。

それを思うより先に、キラの腹は決まってしまったのだった。

ルシアンの前で不様な真似は晒したくない。

それ以上に、たぶんキラはルシアンに誇りたかったのかもしれない。

日銭を稼ぐその日暮らしの詩謡いにも、それなりの自尊心はあるのだと。自分は誰にも頼らず、己の力だけで生きてきたのだと。口に出しては言えないそのことを、一夜の値はいくらだと蔑んだルシアンの目の前で、いささかなりとも証明して見せたかった。それすらもがただの自己満足だと知りながら。

あきらめに慣れ、何も望まず、この地で静かに眠れたならそれでいい。そう思っていた。なのに、いざルシアンを前にすると、どうしようもなく心が騒ぐのだ。身体中の血が疼くのだ。

「未練……なの、か」

ため息まじりに、ひとりごちる。

罵られ。

蔑すまれ。

辱められた。

キラを見るルシアンの目には憎悪しかこもらない。なのになぜ、こうも心がざわついてしまうのか。

ただの未練なのか。

それとも、無念なのか。

あるいは——名残惜しいのか。

自分の心を持て余すように、キラはふと足を止めた。

大地を彩る鮮やかな錦も、時が過ぎれば散るのが定め。そうして大地の寝床となり、朽ち果てては、やがて新しき芽吹きのための土の一塊《ひとくれ》となる。それが連綿とくり返されてきた自然の営みであった。

人の世がどれほど激しく移り変わろうとも、季節は眉をひそめもせずに再び巡りくるものなのだ。

ならば、切り裂かれた心も、砕け散った愛も、引きちぎられた縁《えにし》も、肉体という枷《しがらみ》を抜けてしまえば昇華してしまうものなのだろうか。

死んでしまいたいと思ったのは、ただの一度だけ。

あのとき、愛する人の手で殺されてしまえば、これほどまでに思い悩むこともなかっただろう。それもまた、結果論にすぎないが。

死に対するこだわりはなかった。それが回避できない運命である以上、いたずらに怯えてもしかたがない。

だが。死が甘美なものだとは思わなかった。この世に、まだ未練があるからだろう。

想いは満たされて愛となり、欲望は嫉妬《しっと》を孕み、猜疑《さいぎ》は底なしの憎悪を産む。

情にまみれて身も心もしがらんでしまえば、後はもう堕ちていくしかない。そうなれば、くすぶり続ける想いが枯れ果てるまで、愛の残り火は瘴気《しょうき》にも似た毒を垂れ流すだけなのかもしれない。

もしも明日という時間が確約されていたならば、心はもっと違った形で歪《いびつ》に疼いたかもしれないと、キラは愁《うれ》いに満ちた目を伏せた。

梢をしならせ、風が林床を抜けていく。

キラの銀髪が、束の間、乱れて風に舞った。

――そのとき。

ほんの間近で落ち葉がかさりと鳴いた。静寂の中、それは、やけに大きく大気を弾いた。

その波動に誘われて、キラはけだるく視線をもたげた。

――――とたん。

その目から、唇から、声にならない驚愕がもれた。もしかすると、これは、胸に疼く未練が見せた束の間の幻ではなかろうかと。

忘れたくても忘れられないルシアンが、ほんの目と鼻の先にいる。

焦がれ続けた、冴え冴えとした黒瞳《まなざし》が目に沁みる。

けれど。今、眼前でキラを見据えているのは思い出の中のルシアンではない。その双眸が孕んでいるのは毒のある冷たい棘《とげ》であった。

冷え冷えとした視線に射貫かれ、キラは、白く細い喉をぎこちなく震わせた。

「祭りには付きものの、下賤な座興であったな、あれは」

聞き慣れた毒舌というよりも、キラを貶めるための怨言《えんげん》にすぎない。

「さすがに、誰かれ見境なくというわけではなさそうだな。一応、おまえにも、閨《ねや》の相手を選ぶ権利とやらがあるとみえる」

キラは唇の端でかすかに自嘲した。

夢の残り火など、所詮、こんなものなのかもしれない。堕ちてもなお断ち切れない己の未練を嘲笑うような唇の歪みであった。

それは別の意味で、いたくルシアンを刺激した。

「なにが、おかしいっ」

双眸が、それと知れるほどに吊り上がっていた。

口を開けば毒しか吐かない言葉に耳を塞《ふさ》いで、いっそのことこのまま背を向けることができればどんなにか気が楽だろう。願っても詮無いことを、ふと思う。

「また、だんまりか。いつまでもその手が通用すると思うなよ、キラ」

「何をどう申し上げても陛下のお気にさわるのであれば、口をつぐんで目を逸らす以外、術はありませぬ」

口を閉じて目を伏せると同時に、いきなり平手が飛んできた。頭の芯が揺らぎ唇が切れて血が滲むほどの、きつい平手打ちであった。

しばし、打たれた頬の痛みを噛みしめる。自分の存在自体がルシアンの癇《かん》にさわるのだと知ってはいても、ほかにどうする術もない。

ジオに留まる限り、どこに逃げても心の平安など訪れない。あの日、ディランに言われた言葉が深々と身に沁みた。

キラは一礼して、その場を去ろうとした。

しかし。ルシアンはそれを許さなかった。

不意に腕を摑まれ、ぎくりとルシアンを見上げた。その目の中に、猛々《たけだけ》しくも冷たいほどばしりを見た。

次の瞬間には、思うさま背を幹に叩きつけられた。

息が詰まってまぶたの裏に朱が散った。

「汚れた身を恥じもせず、臆面もなくジオに舞いもどってきた輩が聞いたふうなことをぬかすなっ！　口をつぐんで語る術がないのなら、その口、この手でこじ開けてくれるわっ」

ルシアンは、キラの手首をつかんで逆手に締め上げた。

唇を歪め、キラが呻き声を噛み殺す。

かまわず、ルシアンは更に締め上げた。

容赦もなく背でねじり上げられた腕がじんじん痺れ、痛みが指先にまで走る。抗おうにも荒く乱れた吐息で喉が詰まり、声も出なかった。

次第にキラの頭が落ちていく。肩を滑って揺れる銀髪すら、言葉にできない痛みに震えているかのようだった。

その髪を鷲摑みにして力まかせにキラの顔を引き上げると、ルシアンは憤激を塗り込めて低く囁いた。

「おまえの大事なイリスはな、キラ。満月の宴のあと、浅はかにも手首を切って果てようとしおったわ」

キラは肩が軋《きし》むような痛みも腕の痺れも忘れて、ぎょっと双眸を見開いた。まばたきもせず、おののくようにルシアンの黒瞳を凝視した。

嘘――だと思った。ルシアンが自分を嬲るためについた毒々しいまでの嘘であってほしいと思った。

「我が身をいくら嬲られても痛くも痒くもないが、イリスのことになれば。そうやって……おまえは顔色を変えるのか、キラ」

ぎすぎすと苛立《いらだ》たしげに。

寒々しい怒気を込めて。

憎々しげに毒を吐いた。

キラは蒼ざめた頬を引き攣らせ、きつく唇を噛みしめた。

自分と視線を合わせてもたじろぎもしないキラが、イリスの名前を出しただけで思いがけないほどの動揺に身を震わせる。そんなキラが、無性に憎らしくてならなかった。

落ちるところまで堕ちてもなお自分の思い通りにはならないキラに、ルシアンは腹の底から煮えくり返る思いがした。

「なぜ、泣かぬ。なぜ、わめかぬっ。どうして、おまえはいつも、そうやって平然と私の目を見返すのだっ！」

そのとき。ルシアンは何を強いてもキラを自分の足下にひざまずかせたかった。怯え、泣きわめき、許しを請うその顔を足蹴にして、思うさま踏みにじってやりたいという狂気に駆られて、目さえくらんでしまったのだ。

黄落の森には行き交う者もいない。見栄も誇りもかなぐり捨ててキラを嬲ったところで、誰にも見咎められるわけではない。

キラとルシアンの足下に、束の間、灼けつくような重苦しい沈黙が落ちた。

その瞬間。

冷風が落ち葉を舞い上げ林床を走り抜けた——そのとき。

ふたりの間で熱を孕んで張り詰めたものが不意に弾けた。

＊＊＊

目覚めは、鈍く痺れるような疼痛《とうつう》から始まった。

細くざらついた舌で、じわり、じわりと、傷口を抉られるような不快な刺激…………。そのたびに、ひりつくような痛みが亀裂となって縦に横に走った。

頭の芯は粘りつくように重い。身体中どこもかしこも泥土に嵌《は》まり込んでしまったようで、身動きもできない。まぶたは眼球に貼りついてしまったかのようにぴくりともしないのに、眦だけがときおりひくひくと引き攣れた。

動けない。

動かない。

息をするのも煩わしい。

そうやって、どのくらい時間が過ぎたのか。キラは半ば呻くようにうっすらと目を開けた。

そこには、黄昏《たそがれ》色に染まる空があった。

寒々と天をつく樹木があった。

黄落の森が静かに暮れようとしていた。

細くかすれた吐息がもれた。

「は…あぁぁ………」

誰もいない。

風が木々の葉ずれを誘う以外、物音ひとつしない。

かさついて罅割れた唇を震える舌でぎこちなくひと舐めして、胸を喘がせた。病んだ心の臓が弱々しく鼓動を刻むのを感じて、もう一度、深く息をついた。

生きている実感が、ようやく甦《よみがえ》ってきた。

いや……よく死ななかったなと言うべきか。

どちらにしろ、今となっては涙の一粒もこぼれはしなかったが。

それは、心が芯から凍てつくような悪夢であった。くすぶり続ける未練に冷水を浴びせかけるような、惨《みじ》めな現実であった。

無理やり、容赦もなくルシアンに貫かれたそこが熱くひりついた。その傷よりももっと深いところで、今ひとたび、じくじくと鮮血が滲んだ。

一文字にきつく引き絞った唇からは、もはや嗚咽《おえつ》のひとつももれなかった。

冷え冷えとした風がゆるゆると頬を撫でる。

かすかに胴震いをし、キラは物憂げにゆったり起き上がった。そのとき、濃紺の長衣《ローブ》が滑り落ちてきて、キラはなんとも言い難い顔つきになった。

それが誰のものであるのかは一目瞭然であった。

ルシアンは、いったいなんのつもりでこれを掛けてくれたのか。

悲鳴まじりの哀願を力でねじ伏せて捨て置いたあとの、奇妙な心遣い。それとも、何か別の意味でもあるのだろうか。

キラは深々とため息をもらした。今はもう、ルシアンの屈折した心情を推し量るだけの気力も体力もなかった。

痛む身体を引きずるようにして歩く。宿に着く頃には、もうすっかり暮れてしまっていた。でっぷりと肥えた赤ら顔の亭主は好奇の目を隠そうともせず、ひとしきり無遠慮にキラを視線で舐め回し、それからそっけない口調で部屋で客が待っていると告げた。

「客……?」

思うさま眉をひそめて部屋の扉を開けたキラは、そこに思いがけずサマラの顔を見出して、束の間足を止めた。

「すまぬな、キラ。留守中、悪いとは思ったが中で待たせてもらった」

弁解がましく立ち上がったサマラの目は、宿の亭主同様、いや……幾分控え目に凝視して、その手にある濃紺のローブを見咎めるように低くつぶやいた。

「ひどいありさまだな。誰にやられた？」

今、ここで、それを言うのか。ルシアンと連れだって人垣の中にいたサマラが。

皮肉なのか。

それとも、蔑みなのか。

あるいは、憐憫だろうか。

わかりきったことをわざわざ問う意味がどこにあるのか。

さすがにキラもむっとした。

「喧嘩です。ただの……」

手の甲で、ぎこちなく唇の血を拭った。

「よく、ここがおわかりになりましたね」

「その気になれば容易《たやす》いことだ。目立つからな、おまえは」

「監視の目はどこにでもある、ということですか？　ご苦労なことですね。ぼくは……それほどまでに目障りですか？」

キラは、改めてじっくりとサマラを見やった。

互いを凝視する先に、それぞれがルシアンの影を意識する。

キラは身も心も疲れ切っていて、この上、ルシアンの側近の中で一番の切れ者と言われるサマラと腹の探り合いなどは御免被りたい。それが本音だった。

そして、サマラのほうが先に焦《じ》れた。

「身勝手は重々承知の上で頼みたい。ジオから出て行ってはくれまいか?」

言いざま、キラの前にずしりと重い革袋を差し出した。

おそらくは金貨がぎっしり詰まっているであろう革袋をちらりと見やって、キラは返すその目にわずかばかりの皮肉を込めた。

「なぜ? ぼくはただの詩謡いです」

「ここで嫌味のひとつも吐き捨てたくなるおまえの気持ちもわからぬではないが。わたしも子どもの使いではないのだ」

サマラは思いのほか辛辣だった。

「事実をありのまま口にしただけのことです。あなたがたの目にどう映ろうが、今のぼくは、その日暮らしの名もない詩謡いにすぎません」

本当に、もう、放っておいてほしい。それ以外の実意などない。

「おまえほどの技量があれば、ジオでなくとも稼ぐ場所には事欠くまい? それゆえ、こちらの身勝手は百も承知で頼んでいるのだ。もしもこれで不足だと言うのなら、おまえが望むだけ出してもよいと思っている」

「それが重臣方の御意向なのですか？」

わかりきったことを、あえて問う。

疲れ切って早く寝台に潜り込んでしまいたいと思う反面、どこまでも、いつまでたっても自分たちの正義ばかりを押しつけてくる重臣たちの面の皮の厚さにむらむらとしたものが込み上げてくるのだった。

「そうだ。春になれば、ルシアン様は妻を娶られる。あれから二年余、ようやくその気になられたのだ。いや……ようやくそこまで立ち直られた、と言うべきなのかもしれないが」

キラはふと思い出す。ルシアンの腕の中でとろけるように笑うマイラの姿を。睦《むつ》まじやかに交わされる口づけの深さを。夜宴の席できらびやかに着飾ったふたりの姿は、ただそれだけでまぶしかった。

「できれば、何もかも穏便に事を済ませたいというのが、唯一、我らの望みだ。水面に落ちた一葉が、思わぬ波紋を描くたとえもあるのでな」

波紋も何も、キラが強制的に宴席に引きずり出された時点で、すでにただ漏れである。ルシアンが妻にと望む娘はそれに気付かないほど天真爛漫なのだろうか。

（あり得ないでしょう）

キラは思わず失笑してしまいたくなった。

「今更ではありませぬか、サマラ殿。腐れ物に蓋《ふた》はできても、悪臭はどこからでも漂ってくるものですよ。下手に隠し立てをしてわだかまりを残すくらいなら、妻となられる方にありのままを正直におっしゃってはいかがです。あれは気に病むにも値いせぬ下種なのだと」

圧し殺した良心を不意に抉られたような気がして、サマラは一瞬返す言葉を見失った。

「ぼくはただ、このジオで静かに暮らしたいだけなのです。それ以外何も望んではいません。なのに、誰もかれもが寄ってたかって過去を蒸し返そうとなさる。なぜなのです？」

かすかな憤りを込めて、キラは問う。

キラこそ知りたい。その真意を。なぜ、どうして、誰も放っておいてはくれないのか。

ルシアンの気性ならば誰よりもよく知っている。それでも、ふたりの行く末を本気で慮《おもんぱか》るのであれば、感情に流されて愚行に走る主人を身体を張ってでも諌《いさ》めるのが近習としての務めではないのか。今更、いったいキラに何を期待しているのだろう。

「それは……黙して語らぬおまえの生きざまが、あまりに鮮烈すぎるからだ。我らの負い目をきりきり抉ってあまりあるほどにな」

サマラが重い口を開く。

もしも、キラが身も心も持ち崩して帰郷したのであれば、誰も、これほどまでにこだわりはしなかっただろう。

「腹蔵なく本音を言わせてもらえば、つまり、我らは怖いのだ」

言ってみれば、それに尽きた。

ディランは言った。浮世の垢《あか》も、欲も、毒も……すべてきれいに削ぎ落としたかのようなキラの清廉さがまぶしすぎるのだと。

それ以上に、ルシアンの情の強さに恐れおののいている。皆が……。

おそらく、ルシアンは意地になっているのだ。堕ちてもなお意のままにならないキラに、どうしようもなく苛立っている。それは傍らにマイラが侍っていようとも歯止めがかからない情動なのだろう。

「あのとき。我らは真実に目を背けた。イリス様が良心に耐えかねて開きかけた口を無理やり塞いで、おまえを切り捨てた」

大事の前の小事。キラを切り捨てることで、ジオの未来を確固たるものにできると思った。それが臣下としての忠義の在り方だと。

キラに対するルシアンの愛情深さと、その執着ぶりに危機感を覚えた者は多い。ルシアンにしてみれば、口うるさく妃を娶れと言われての反発もあっただろう。

なにより、乳兄弟であるキラとの距離感が近すぎた。それがすべてのきっかけになったことは否定できない。

「ルシアン様はジオにとって唯一無二の帝王であらせられる。その玉座はひとつきりだが、愛情の対象などいくらでもすげ替えがきく。憎しみで抉られた心の傷も時がたてばいつかは癒えるものだと、我らは思い上がってしまったのだ」

今となっては忸怩《じくじ》たる思いがあった。

マイラの愛情と献身でルシアンも過去の痛手から立ち直ることができた。これでもう、何の懸念もない。あとはマイラを正妃に迎えて跡継ぎが生まれるのを待つばかり。そうやって、キラを捨て石にした罪を忘れようとしたのだ。

「そこへ、突然おまえが現れた。あたかも、我らの驕りたかぶった心に神が鉄槌を下されたかのようにだ」

このままでは、真実をねじ曲げ偽りで固めた嘘が暴かれてしまうのではないか。皆が疑心暗鬼になった。じっと腰を落ち着けていられないほどに。

あのときの付けが何倍にも膨れ上がって自分たちの首を絞めることになるのではないか。恐れおののくには充分すぎた。

サマラの眉間に自嘲の歪みが走る。キラの清廉な佇まいを羨《うらや》むように。

「古い詩歌《しいか》の中にも『過去は時に埋もれ、やがて記憶の底に消え果てる』そんな台詞があります。ルシアン様が愛され、ご自分から進んで我が妻にと望まれた方ならば、きっと、下種な噂話に振り回されることなくあの方のすべてを受け止めてくださるはずです」

たぶん。

きっと……。

必ずや…………。

キラは願う。一点の曇りなく、とまでは言えないが。

断ち切れた絆は元には戻らない。どれほど切望しても時間は元には戻せない。

「真実、そう思っているのか？」

キラの目をまっすぐに見据え、真摯にサマラが問う。

「男と女……。それを無理にねじ曲げての交わりは、自分でもそうと気付かないうちに、どこかで誰かを傷つけていたのだろうと。だから、たぶん……これがぼくとルシアン様の運命だったのでしょう。そう思わなければとても生きてはいけない。ぼくにとってはそういう二年間だったのです、サマラ殿。今更過去を蒸し返しても、過ぎた時間は取り戻せません」

それ以外の本心などない。

余命を切られたからには、今更他人の思惑に振り回されたくはない。少なくとも、キラにはそう主張するだけの権利があるはずだ。

ルシアンにはキラの言葉《真実》は届かない。

だから、誰に言われなくても沈黙は守る。

けれど、最後の願いだけは誰にも譲る気はなかった。

「イリス様がアッシュへ嫁がれ、ルシアン様は妻を娶られる。春になれば……。そう、春がくれば何もかもが収まるべきところに収まるはずです」

「春になれば、か」

昏重く、その深意を噛みしめるようにくり返したサマラは、やがて、ため息まじりに鈍る腰を引き上げた。

サマラが去り、ひとりになると、疲れが一気に押し寄せてきた。

春になればルシアンの人生には伴侶《マイラ》との歩みが始まる。キラはそこに朝露のごとく消え果てるだろう己の運命を重ね合わせ、深く静かにため息をもらした。

この世では成就できなかった、最初で最後の恋。

ナイアスの花吹雪が見たくてもどってきたのか。それとも、ルシアンに忘れ去られたまま逝くのが辛《つら》かったのか。

もしも、憎まれることで、ルシアンの胸に生きた証が残せるのならば……。そんな莫迦な想いが頭のへりをかすめて消えた。

＊＊＊

夜が更ける。

マイラも側仕《そばづか》えも遠ざけ、夕餉《ゆうげ》も取らず、ルシアンはひとり酒を呷《あお》っていた。

両の腕に、指の先に、まだキラの震えが残っていた。耳の底には、悲鳴まじりの哀願が生々しくこびりついてさえいた。

不意に苦いものが込み上げ、ルシアンは荒々しい手つきで一気に杯を干した。

二年ぶりにキラを抱いた。いや――犯した。

欲情したからではない。ただ嬲《なぶ》りたかっただけだ。無性に腹が立って、どうしようもなく苛《いら》立《だ》たしくて、ただただ憎々しくて。キラの尊厳を踏みにじって屈服させたかったのだ。

口づけもしなかった。

愛撫《あいぶ》もしなかった。

抗《あらが》えば思うさま頬を張り、手荒に締め上げた。

下穿《したば》きだけをはぎ取り、力まかせに容赦なく突き上げた。まるで獣のように………。固くてほぐれもしない後蕾《こうらい》に無理やり指を突き入れて乱暴に掻《か》き回すと、顔を歪《ゆが》めてキラが悲鳴を上げた。

そのまま己の屹立《きつりつ》をあてがって衝《つ》き上げると、細く白い喉をむき出しにしてのけぞった。

キラが泣く………。震える舌をこわばらせ、切れ切れに許しを請うた。

再会してから冷めた声で『陛下』としか呼ばなかったキラが、そのとき初めて『ルシアン様』と口走った。

『やめ……ッ。ルシアン、さま……。お願い……です。ルシアン……さま………』

哀れな声で、惨《みじ》めったらしく、取り澄ました仮面が剝《は》がれ落ちたような生々しくも切羽詰まった声音で、ルシアンの名前を呼んだ。

それは………。思いもしない淫靡《いんび》な快感であった。今まで感じたこともない、異様に熱い昂《たか》ぶりであった。

銀髪を振り乱し、続けざまに喉笛を鳴らすほど手荒に衝き上げるたび、股間から背骨へとぞくりとくるような甘い痺《しび》れが鎌首をもたげ、どす黒い喜悦がとぐろを巻いてルシアンを締め付けた。

情欲とは別口の、ただ奪い、拉《ひし》ぎ、何もかもを食らい尽くすだけの、もっとも原始的な雄の本能が血を熱くするような狂気だったかもしれない。

この二年あまり、キラが両手に余るほどの男を誑《たら》し込んで抱かれてきたのだと、頭から信じ込んでいた。

愛撫に慣らされ、身体《からだ》がルシアンを覚え、男に貫かれて果てる悦楽を知ったキラである。その口で、胸の奥で、幾千万イリスへの愛を叫ぼうとも、身体のすみずみにまで染み込んだ愉悦を忘れられるはずがない。そう思っていた。

だからこそ、身体が芯から冷たく痺れるような憎悪を込めてキラを嬲ることに、なんらためらいもしなかった。

日ごと夜ごとにくり返される、甘く熱い口づけ…………。

なめらかで吸い付くような肌ざわり…………。

愛撫の手に、這《は》う唇に、肢体は喘《あえ》ぐ。しなやかに、淫《みだ》らに、誰よりも美しく…………。

ほんの束《つか》の間《ま》、それが頭のへりをかすめた。そして、憎悪の先にある、仄暗《ほのぐら》い情欲に火がついた。

己のもので深々と串刺しにしたまま、ルシアンは、半ば失神しかけているキラの衣服を手荒にはだけた。

――瞬間。

ルシアンはこぼれ落ちんばかりに大きく双眸《そうぼう》を見開いたまま、息を呑《の》んだ。

思ってもみない醜悪な傷痕《きずあと》がキラの肌に刻まれていた。

ルシアンの愛撫に震えては上りつめ、甘くせつない喘ぎをもらした肌理《きめ》の細かな白い肌。それを赤黒い舌でいぎたなく舐《な》め回したような無数の傷があった。

見るも無残な烙印《らくいん》であった。

不様なほどにぎこちなく、ルシアンは震える吐息を呑み込んだ。

忌々《いまいま》しいほどの苛立ちも、猛々《たけだけ》しい憎悪の昂ぶりも、股間の屹立も、その瞬間――何もかもが一気に萎《な》えてしぼんだ。

予想もしていなかった事態に顔面が蒼《あお》ざめ、呆然《ぼうぜん》とし。鈍く痺れた頭では何をどうすればいいのかすらわからず。結局、ルシアンは失神したキラを捨て置いてその場から逃げ出した。

とにもかくにも、ひとりになりたかった。ひとりになって澱《よど》んだ頭の中を整理したかった。

それが男としての矜持《きょうじ》を切り刻む醜態どころか人として最低の行為であると気付いたのは、王宮の自室にこもってひとしきり酒を呷ったあとのことであった。

染みひとつなかったキラの肌。右の肩口から背を斜めに裂いて走る、正視に堪えない無残な傷痕を思い浮かべて記憶をまさぐる。

（そうだ、あれは………）

『あい…し…ていま、す……。愛して、います！　イリス様と添い遂げることができないのならば、この命、惜しいとは思いませぬっ。心の底から、イリス様を愛していますっ！』

滂沱《ぼうだ》の涙で蒼瞳をうるませ、キラは狂ったようにそう叫んだのだった。

手酷《てひど》い裏切りを詫《わ》びもせず、許しも請わず、イリスを愛しているとくり返し叫ぶキラが憎かった。度を過ぎた怒りで目の前が赤くかすむほど、ただ、ひたすら憎かった。

その瞬間、血の気が失《う》せる音がした。

嚙《か》みしめても、嚙みしめても、唇の震えが止まらなかった。

『このぉぉぉ下種《げす》がぁ〜〜っ。黙らぬかぁッ！』

あのとき。ルシアンを羽交い締めにして諌《いさ》めるディランの手を振り切り、キラに向けて放ったものはいったいなんであったのか。血が滾《たぎ》るような憎悪か。それとも、憎悪を越えた一瞬の殺意だったのか。

ルシアンはただ、狂ったようにイリスへの愛を叫ぶキラを黙らせたかった。あてつけがましくイリスの名前を連呼するキラの口をその手で塞《ふさ》いでしまいたかったのだ。

もしかしたら、それはキラに対する憎悪でも殺意でもなく、イリスへの、ほとんど無意識の目もくらまんばかりの痛烈な嫉妬ではなかったか。

人前では二度と素肌を見せられないような、惨《むご》たらしく背を引き裂いたことも忘れ果て、満座の席で一夜の値はいくらかと蔑んだ。そのときのキラの沈黙が思い出され、ルシアンは自虐にも似た吐き気が後から後から込み上げてくるのだった。

§　吐露　§

十二の月《メル・ダーン》。

吹きすさぶ風は肌を切りつけるように冷たい。

空も、大地も、ただ寒々と首を竦《すく》めているかのようであった。

さまざまな人の、それぞれの思いを孕《はら》んで日々が過ぎていく。

分厚い雲間から淡い光がこぼれ落ちた、その日。

季節の変わり目であるためか、マイラの体調がすぐれなかった。微熱が引かないようだと、マイラ付き女官から聞いた。

このところキラのことで思い煩《わずら》う日々が続いて、マイラをなおざりにしていたことを思い出したルシアンは、マイラの自室まで出向いて体調を気遣い、自ら薬師棟にあるジェナスの部屋を訪ねたが、あいにく留守であった。

「マイラに効く薬湯でも持って行ってやろうと思っていたのだがな」

ジェナスの部屋は、床といわず壁といわず、呆《あき》れるほどの書物で埋めつくされ、足の踏み場もないほどであった。

他人目《ひとめ》には乱雑にしか見えない部屋も、当人にしてみればこれはこれで使い勝手がいいのかもしれないと、ルシアンは思わず苦笑した。

机の上に山積みにされた書物のひとつを手に取って捲《めく》ってみれば、至る箇所に小さな走り書きがある。まるで暗号めいた文字の羅列に、

「これは何語だ？　まったく読めないな」

ひとりごちて、なにげなく本をもどしかけたとき。そこに、実用一点張りのジェナスの持ち物にはそぐわないほど派手な彩色がほどこされた文箱《ふばこ》を見つけた。

美しい造りの文箱であった。

さては恋人からの贈り物かと目を凝らしたとき、ルシアンの目付きが変わった。

双頭の蛇が剣をくわえた刻印に見覚えがあった。アッシュ国ズール大公の紋章である。

（なんだ？）

違和感を覚えた。ジェナスとズール大公との接点がまるで思いつかなかった。

なぜ。

どうして。

いったい……なんのために？

それを思うと、ただの好奇心よりも懸念が勝って。半ばためらいつつも、ルシアンは飾り紐《ひも》

をほどいて蓋《ふた》を開けた。中には一通の書状が入っていた。

(イリスからの……手紙?)

ルシアンは深々と眉を寄せた。

ますますわけがわからない。

実妹とはいえ、イリスが他人《ジェナス》に宛てた手紙を本人の承諾もなしに盗み見ることはできない。

頭ではわかっていた。

それは、明らかな無作法である。わかってはいたが。アッシュに嫁いだイリスがルシアンにではなくジェナスに何用であろうかと、先ほど感じた懸念がより現実的な危惧《きぐ》すら覚えてしまうと、もう我慢ができなかった。

『親愛なる、ジェナス』

いかにも女らしい文字の細さで書き綴《つづ》られたイリスの手紙はそんなふうに始まっていた。

＊＊＊

親愛なる、ジェナス。

出そうか、やめようか……。迷いながらしたためております。文字の乱れは心の迷いと、どうぞお許しください。

アッシュへ嫁ぎ、ようやく日々の暮らしにも慣れてまいりました。それでもやはり、生まれ育ったジオの都が懐かしく思われてなりません。

兄上様とマイラは、変わりなく仲睦《むつ》まじくやっておりましょうか？

いえ…………。

回りくどい挨拶など、本当はどうでもいいのです。わたくしがこちらに来て一番の気がかりは、ほかの誰でもなく、キラのことなのですから。

今更、改めて申し上げることでもありませんが。満月の宴があった夜、あのときの身体が冷たく痺れて凍りつくような夜のことを、わたくしは決して忘れることはないでしょう。あまりのことに度を失いその場で気が遠くなってしまったわたくしを、愚かな女と、どうぞお笑いくださいませ。

二年前の、あのとき。

わたくしは、たった一言がどうしても言えませんでした。今まで目にしたこともないほどの憎々しさで声を荒らげ、問い詰める兄上様のお怒りがただただ恐ろしく、足が竦んで声も出なかったのです。

キラなら……。キラならばきっと、なんとか穏便に兄上様に執り成してくれるに違いない。それぱかりを願ったのです。浅はかな、本当に身勝手な思い上がりでした。そのとき、まさかキラが、あのようなありさまになっていようなどとは露ほども考えつかなかったのです。

血まみれのキラが、すがるようにわたくしを見ました。血を吐くような悲鳴を上げ、わたくしの名前を呼びました。

それでも、わたくしは、どうしても真実を告げることができませんでした。

キラにはただ一度、サドリアンで兄上様に見咎《みとが》められたあの夜、あの方に言付けを頼んだだけなのだと。

兄上様は情け容赦もなくキラを打ち据えながら、憎々しげに、わたくしをごらんになりました。ふたりしてよくも裏切ってくれたと、呪いを込めて、キラの血がこびりついた鞭《むち》の先でわたくしの頬を逆撫でにしました。

後にも先にも、ただ一度だけ。

それが、なぜ、あのようなことになってしまったのか。

すべては、わたくしの、身勝手で愚かな思い上がりが原因であったことは疑う余地もありません。

最愛のキラにすら、あのような目を覆うばかりの責め苦を科す兄上様が怖かったのです。もしも、あれがあの方であったなら……………。そう思う以上に、真実を告げることで、今度はそのお怒りが二倍にも三倍にもなって我が身に降りかかってくるのではないか。それを思うと身体が震えて心の臓すら凍り付くようで、目を、耳を、塞いでしまったのです。

キラはどんなにかわたくしを恨み、憎悪したことでしょう。そんなわたくしを愛していると絶叫するキラの声は、まるで……。兄上様に殺してくれと哀願しているようにさえ聞こえたのでした。

我が身可愛《かわい》さに真実に口をつぐんでしまったわたくしは、この世で生きていく価値もない卑《ひ》怯者《きょうもの》に成り下がってしまいました。

けれど、誰も、わたくしを罰しようとはしませんでした。

これを機に兄上様のお心がキラから離れるなら、それこそが天の定めなのだと。事ここに至ってはもはや真実を告げる意味もなく、かえって兄上様の心の傷を深めてしまうだけであると。兄上様がジオの帝王たるに相応《ふさわ》しい美妃を娶《めと》り、子を生《な》すことが、ソレルの名を継ぎたる者の義務である。そのためにはキラの存在はあってはならないのだと、誰もわたくしの不実を責めはしませんでした。

ですが、この二年余、自分の蒔《ま》いた種とは申せ、兄上様の冷たい視線に身を晒《さら》す毎日は、針のむしろでありました。それとても、ぼろ屑《くず》同然に城を追われたキラの絶望に比べれば、取るに足りない傷なのでしょう。

二年。短いようで長いその歳月を、それこそ命を削って生きてきたキラの存在を、わたくしたちはぬくぬくとした時の流れに身をまかせ、すべてを忘れようとしていたのです。

罪を犯した者は真摯《しんし》にそれを悔い改め、それに相応しい罰を受けて償わない限り、許されはしないのです。そんな簡単なことを身に染みて知るまで、あたら虚《むな》しく二年の歳月を数えてしまいました。

サマラは言いました。嘘《うそ》でねじ曲げた真実は、たとえそれが偽りの真実であったとしても、生涯貫き通さなくてはならないのだと。それが、真実を歪ませキラを見捨てた、わたくしたちの義務であると。

今更、どれほど自分の愚かさを悔いても、わたくしにはもう、キラと兄上様の足下にひざまずいて許しを請う勇気もその資格もありません。

わたくしの浅はかな身勝手がキラを殺してしまうのです。誰がどのように言葉を尽くして慰めてくれようとも、それは動かしがたい事実として、わたくしの目の前に存在するのです。

もう、どこにも逃げることはできません。……いえ、目を背けることは許されないのです。その耐えがたい痛みを自覚して、この命を全うすることこそがわたくしに与えられた罰なのでしょう。

けれど、どうぞ、お願いです。

キラをひとりにしないでください。たったひとりで、淋《さび》しく逝かせないで。

次の夏が望めないほどに身体を病んでいるのなら、静かな場所で充分養生できるように取り計らってほしいのです。

あなたにはあなたのお立場があることは、よく存じております。

それでも、どうぞお願いです。せめて、春まで………。キラが望んでいるように、ナイアスの花吹雪が舞う季節まで、どうかキラを守ってやってください。

愚かなわたくしの、最初で最後のお願いです。兄上様が憎しみの炎でキラの命を灼《や》き尽くしてしまわないように、キラを守ってください。

どうか。どうか…………。お願いいたします。

＊＊＊

文字を追うごとにルシアンの目に驚愕《きょうがく》の稲妻が走り、その手には小刻みな震えがきた。

(――嘘だ)

そうでなければ、たちの悪い冗談か、何かの間違いだと。

(戯言《ざれごと》にもほどがあるっ)

そう思い込もうとして幾度も読み返し、そのたびに、顔面から血の気が失せていった。

「莫迦《ばか》なっ！」

たまらず、ルシアンは吐き捨てた。

「こんな莫迦なことが……あって、たまるかっ！」

鼓動は荒く逆巻いて胸板を打ち据え、震える吐息はきつく喉を締め上げる。

視界が――ぐらぐら揺れた。

そのままでいると足下から崩れ落ちてしまいそうな気がして、ルシアンは思うさま両手を机に打ちつけた。

＊＊＊

夕刻。

どことなく疲れた顔つきでジェナスがもどってきた。

自室の扉を開き、ふと、暗がりの中の人影に気付いた。目を凝らし、それがルシアンだと知ったとき、ジェナスは一瞬わけもなくどきりとした。

「ルシアン様？」

呼びかけても返事はない。

「どうなさったのですか？　灯《あか》りもお付けにならないで……。ご用がおありでしたら、こちらから参りましたのに」

急ぎランプに灯りをともしながら問いかけても、ルシアンは身じろぎもしない。

「ルシアン様、どうなさっ……！」

やわらかな灯りが部屋を満たし、改めてルシアンを見やったとき、ジェナスはいきなり心の臓を鷲掴《わしづか》みにされたような錯覚に恐怖した。

一点を見据えたまま微動だにしないルシアンが、その手に握りしめたものがイリスからの手紙だと知ったからである。

「事実、なのか?」

かすれて抑揚の乏しい、虚《うつ》ろな口調だった。

ジェナスは舌根さえ凍りつくような気がした。

血の気の失せたルシアンの蒼ざめた顔つきは、さながら幽鬼のようであった。双眸には仄暗いものがゆらゆらと揺蕩《たゆた》っているかのように見えた。

「ここに書かれてあることは、すべて、事実なのか? イリスの相手はキラではなかったと……? あれはすべて嫉妬に狂った私の思い違いでしかなかったと。そう、なのか? 私が……私だけが知らなかったのか?」

互いの視線が絡み合い、重苦しく歪んで交錯したとき、その重圧に堪えかねて先に目を伏せたのはジェナスであった。それがどんな言葉よりも雄弁に事実を語っているのだと知り、ルシアンは腹の底まで一気に冷たく痺れていく思いがした。

「キラは……もう、長くないのか?」

辛苦《しんく》を舐め取るような言葉尻がかすかに震えていた。

「次の夏は望めぬと、そう書いてある。キラは自分の死に場所を求めて、ジオにもどってきたとでも言うのか?」

これ以上何を隠しても無駄なような気がして。

「かなり無理をしてきたものと思われます。心の臓が……ひどく弱っております。発作もたびたびくり返してきたのではないかと。体力が衰えれば、小さな発作でも命取りになりかねません。歌うことをやめさせてどこかで養生させてやりたいのですが、キラは、誰からの施しも受けぬと」

ジェナスは乾いた声で何度も言葉をつまらせながら、息苦しげに答えた。

もはや何も問わず、ルシアンは絶句する唇の震えを噛み殺しているだけだった。

そして、病み上がりの病人のように力なく立ち上がると、よろける足を引きずるように部屋を出ていった。

そんなルシアンの後ろ姿を見送るに忍びず、ジェナスは目を伏せたまま足下を睨《にら》み、やがて爪が食いこむほどに拳を握りしめた。

＊＊＊

低く垂れ込めた灰黒色の空を鍋の底でぐつぐつ煮えたぎらせたかのような不気味な重苦しさが、王宮をすっぽり覆っていた。

ここ数日のルシアンのひどい荒れようが皆の不安を煽《あお》って淀《よど》み、そこかしこでねっとりとした澱《おり》のように痼《しこ》っていた。

ルシアンは生気の失せた頬を引き攣《つ》らせたまま自室にこもると、固く錠を下ろし、誰も寄せ付けなかった。

最初は何事かと互いの顔を見合わせていた者たちも、静まり返った扉の向こうで、突然、狂ったように激しくぶつかり合う物音に首をすくめ、あわてふためいて重臣に注進に走った。

まず、アスナスが扉を叩《たた》いた。返事はない。

次いでワイデルがだみ声を張り上げ、ルシアンの名前を連呼した。だが、中の様子を窺《うかが》うように扉に張り付いたワイデルの顔をめがけて何かを叩きつけるような音がすると、さすがのワイデルもびくりと後退《あとずさ》った。

回り回って、最後にマイラが心配げに呼びかけた。

「ルシアン様。マイラでございます。お食事をお持ちいたしました。……ルシアン様？」

ルシアンは沈黙したままだった。

翌朝、さすがにたまりかねてサマラが錠をこじ開けたとき、居並ぶ者は皆、声もなく、ただ呆然と視線を巡らせただけであった。

部屋の中はまるで嵐が吹き荒れでもしたかのような、見るも無残なありさまであった。

窓掛けという窓掛けはずたずたに引き裂かれ、壺《つぼ》も、水差しも、形あるものはすべて原形をとどめてはいなかった。その中でルシアンは髪を振り乱したましゃがみ込み、ぞくりとくるような狂暴な目で、ただじっと一点を凝視していた。

その視線の先に何があるのか。何を見ているのかすらわからなかった。

誰も動けなかった。マイラですら足が竦み、かける言葉も持たなかった。

アスナスら重臣は荒れようのすさまじさに目を瞠《みは》り、当惑し、誰もが沈痛な面持ちで朝議の円卓を囲んだ。

ジェナスは、あれやこれやと思い悩んだ末に自らその席に出向いた。

「今はまだ、薬師の出るまくではない」

けんもほろろに渋面を向けたワイデルに、

「ルシアン様が、すべての真実を知ってしまわれました」

唇重くそう告げた。

彼らは一瞬呆《ほう》けたようにジェナスを見やり、次いで誰ともなく顔を見合わせ、やがて顔面を引き攣らせた。

「ジェナス。このような大事のときに、たちの悪い戯言はやめぬかッ！」

「戯れでこのようなこと、言えませぬ」

ジェナスは低くかすれた声で事の次第を話して聞かせた。

そして、誰もが顔色をなくして硬直した。

声もなく。

込み上げるものを圧《お》し殺し。

暗澹《あんたん》とした思いに胸を灼いた。

ルシアンのキラに対する憎悪のすさまじさが、そっくりそのまま我が身に跳ね返ってくるに違いない……と。

しかし。彼らの予想とは裏腹に、ルシアンの憤怒の矛先は誰の喉元にも向けられはしなかった。

にもかかわらず、彼らは安堵《あんど》のため息をもらす代わりに、心底恐怖した。

激情型のルシアンが誰を責めなじるわけでもなく、ことさら口をつぐんで陰にこもるその様が彼らの背中を逆撫《さかな》でにしたのである。自責の念に駆られてルシアンがこのまま正気を失ってしまうのではないかと、恐怖さえしたのであった。

食事はほとんど何も取らず、朝な夕な、ルシアンは胸のつかえを無理やり流し込むように酒を呷った。そして、ときおり引き攣るように唇を歪め、ほとんど聞き取れないほど低く唸《うな》るのだった。

それはあたかも、突然の嵐に荒れ狂う大海原でなす術《すべ》もなく、ただ波に呑まれまいと必死にあがく小舟のそれを思わせた。

耐え難いほどの悔恨があった。悔やんで、悔やんで、自責の念に搦《から》め捕られて窒息してしまいそうな日々だった。

浴びるほど酒を干しても酔えなかった。

酔えないと知って呑む酒は苦い。過ぎれば毒にしかならないと知りながらも、やめられなかった。

酒を呷り、足腰が立たなくなるまで酒を飲まなければ眠れなかった。

双の黒瞳は濁り、苦悶《くもん》に歪み、青筋の浮いたこめかみはびくびくと震えた。

そうやってルシアンが吐き出す瘴気《しょうき》にも似たものが伝播《でんぱ》し、宮中は誰もが声をひそめて神経を尖《とが》らせる日々であった。

そして、五日目の夜、ようやくルシアンの目から狂気が薄れた。

無言の一瞥《いちべつ》に射抜かれてもなお、ぎこちなくではあるが甲斐甲斐《かいがい》しく身の回りの世話をするマイラに、ルシアンの荒《すさ》んだ気持ちも和んだのであろうと、人々は胸を撫でおろした。

だが。事の真相を知る者たちは、別の意味において真摯に気持ちを引き締めた。気持ちが和んで狂気が薄れたのではなく、どういう形であるにせよ、ルシアンがひとつの決断を下したのだと予想できたからである。

翌朝。身なりを整え、朝議の席に着いたルシアンは無表情に淡々と告げた。

「明朝より、キラはもとより周囲の者にもそれと知れぬよう監視をつけよ。やり方はサマラ、おまえに任せる。その日一日、キラがどこで何をしたか、詳細もらさず報告せよ。何があっても必ずだ。サマラ、おまえがその口で、じかに私に告げよ。それで、もしも、ジェナスの手を借りねばならぬようなことがあれば、おまえの判断で早急に処置をせよ」

それが、今、ルシアンにできることのすべてだった。

「よいか。この際、皆にもはっきり言っておく。私は自分が完全無欠の人間だとは思っておらぬ。ジオの帝王として、父君に勝る器であるなどと自惚《うぬぼ》れてもおらぬ。おまえたちの諫言《かんげん》も助言も、どう判断するかは別として聞く耳はもっているつもりだ。私ひとりでジオを治めていくことなど、できはしないのだからな。だが、独り善がりの小賢《こざか》しい忠義面には虫酸が走る。そのことだけは、しかと肝に銘じておくがよい」

居並ぶ者は咳《しわぶ》きひとつせず、誰もが打ち揃《そろ》って深々と頭を垂れたのだった。

その日を境に、ルシアンは再び荒れるようなことはなかった。だが、その顔に二度と喜色の笑みはこぼれなかった。

マイラは、そんなルシアンのそばに侍《はべ》っているのが辛《つら》かった。

狂気じみたルシアンの荒れざまをその目にしたとき、なんの助力にも慰めにもならなかった自分の非力さを痛感した。まさに、身を裂かれる思いがしたのだった。

なぜ、ルシアンはあれほどまでに荒れ狂ったのか。

自分の知らないところで、いったい何が起こっているのか。

どうして、誰もかれもが口をつぐんで黙り込んでいるのか。

知りたい。そのわけを。

なのに。誰も、その理由を教えてはくれない。

――なぜ。

――どうして。

疑問はそのまま苛立ちにすり替わる。

自分だけが蚊帳《かや》の外に置かれているのが、我慢できなかった。

マイラは自他ともに認めるルシアンの寵妃《ちょうき》である。大事にされてはいても、肝心なことからは阻害され、蔑《ないがし》ろにされている。そんなふうにも思えて。

知りたかった。いったいルシアンに何が起こっているのかを。

苛立たしさとわけのわからない不安で毎日身悶《みもだ》えするほどに、真実が知りたかった。

反面、それを知るのは怖かった。もしもすべてが晒け出されたなら、今までルシアンとともに築き上げてきたものが跡形もなく崩れてしまうのではないか。それを思うと、誰を問いつめる勇気も出なかった。

マイラは不安だった。

愛するルシアンの態度が微妙に変化したからだ。

初めは些細《ささい》な違和感だった。いつもとは少し顔つきが違う。話しかけても、なんだか上の空だったり。そういう類いのことだった。

けれど。やがて、眉間に皺《しわ》が寄ることが増えた。気がつけば、どこか近寄りがたい雰囲気さえ醸し出していた。

それはすべて政務上のことだと思っていた。ジオの帝王としての重責なのだろうと。

そして。満月の夜宴で、ルシアンはいきなり豹変《ひょうへん》した。

マイラは知ってしまった。思いがけない驚愕とともに、ルシアンの心の傷の深さを。

噂話《うわさばなし》は、たとえそれが聞きたくない嫌なことであっても耳を騒がせる。心がざわつく。キラという存在が気にならないと言えば嘘になる。

だが、それでルシアンへの愛が変わることはなかった。むしろ、絆《きずな》はより強くなったとさえ感じた。

自分は女なのだ。

ルシアンの子を産める女なのだ。

愛し、愛され、誰からもそれを望まれている。無上の喜びであった。

キラには許されなかったことが、自分にはできる。それは優越感に勝る自負であった。ルシアンを愛する女としての揺るぎない誇りであった。

なのに。

胸によぎる不安が払拭《ふっしょく》できない。

ルシアンは優しい。足に震えがくるような狂気の五日間を除けば、相も変わらず優しい。

けれど。それは何かしら喉に小さな棘《とげ》が刺さっているような優しさでもあった。何度口づけを交わしても、幾度抱き寄せられても、以前のようにあふれ出るような熱情が流れてこない。あれほど愛し合ったルシアンの心が、ある日突然、ふっとかき消えてしまったようで、どうしようもなく不安なのだった。

＊＊＊

その日。

サマラはアスナスに呼ばれて宰相室に出向いた。

「それで？　今、キラはどこにいる？」

挨拶もそこそこにアスナスが言った。

「今は、ナーマの森の狩猟小屋に戻っております。そこで冬を越すものと思われます」

ナイアスが咲き乱れる緑土へはナーマの森が一番近い。キラはそこを終《つい》の住処《すみか》と定めたのだろう。

「やはり……動かぬか」

「せめて春まで。それが、キラにとっては最後の願いでありましょうから」

サマラの口調は固い。

「あとは陛下とマイラ様の御婚儀まで、このまま何事もないことを祈りたいものだ」

もはや願うのはそれだけだとでも言いたげに、アスナスは深く椅子にもたれた。

＊＊＊

王宮に平穏さがもどりはじめていた。

人々の顔にも口調にも、ようやくお義理ではない明るさがもどりつつあった。

そんな、ある夜。久しぶりに夜会が催された。

イリスがアッシュ国に嫁いだ後、名実ともに後宮の女主人となったマイラ付きの女官からのたっての要望であった。

女官たちは、重苦しい王宮の雰囲気をどうにかして払拭したいとの強い思いがあった。夜会がひとつのきっかけになればいい。それは重臣たちにとっても都合がよかった。

華やかに、賑々《にぎにぎ》しく、夜が更けていく。

誰もが心から笑い、酒を酌み交わし、取り留めのない話に声を弾ませていた。

そのとき。いつの間にか席を外していたサマラがあわただしくもどってくるなり、かすかに顔をこわばらせたままルシアンに何事か囁《ささや》いた。

とたん。

ルシアンの顔面から、見る見るうちに血の気が失せていった。

杯を持つ手に小刻みな震えが走る。眦《まなじり》は切れ上がり、双の黒瞳は足元の一点を凝視したまま揺らぎもしなかった。

その異様さに気付いた者たちの間から密《ひそ》やかにざわめきが流れ、次第に大きく渦を巻き、やがて潮が引くかのように場は沈黙と化した。

「お出ましに……なられますか?」

低く抑えたサマラの声が、やけに重苦しく響いた。

ルシアンは稲妻に貫かれたようにひくりと双眸を跳ね上げるや、手にした杯を思うさま叩きつけた。

「今更、どの面下げて会いに行けるというのだっ!」

その激しさにマイラは蒼ざめ、思わず息を呑んだ。

「一言も……。ただの一言も信じてやらなかった。裏切られたという憎しみで、目も心もくらんだのだ。日ごと夜ごと責め苛《さいな》んだ。あらん限りの言葉で蔑み、罵り、辱《はずかし》めた。絶望の血反《ちへ》吐《ど》を吐かせた。なのに、私は……この手でキラの背を引き裂いたことも忘れていた。人前では二度と肌を晒せぬような惨たらしい傷を負わせたことも忘れ果て、一晩いくらで身体を売るのかと、満席の晒し者にしたのだぞっ!　今更……今更、どんな顔で許しを請えというのだ」

それは、マイラが初めて見るルシアンの涙であった。人々が初めて知る、激しい悔恨にくれる帝王ルシアンの真実であった。

爪が食いこむほどにきつく拳を握りしめ、伏せた顔を上げようともせず、ルシアンは落涙した。嗚咽《おえつ》を噛みしめ、肩を震わせ、咽《むせ》び泣いた。

今更臆面もなく、キラの前に顔を出せるはずがない。

キラが倒れたという報告に、すぐさま駆けつけたい衝動に身を焼きながら、自責の念に縛られて身の置き所もなく、ルシアンはその場から立ち上がることすらできなかった。

イリスの相手がキラでないと知りつつ、あえて口をつぐんできた者を責める資格など自分にはない。イリスに真実を告げさせなかった、その事実を見極めようともしなかった己の激情こそが、ただひたすら呪わしかった。

＊＊＊

ナーマの森の狩猟小屋。

冬場は訪れる者などめったにないそこが、キラの住処であった。

もう二日も熱が引かなかった。

荒く途切れる息の下から、ときおり浮かされたように細くキラがつぶやく。

打てる手はすべて打ちつくし、今はただ祈るしか術のない心細さを噛みしめ、ジェナスはキラの手を握りしめた。

（まだ……。まだ、逝くのは早いっ）

そのとき、ふと馬のいななきが聞こえたような気がして窓の外に目をやると、やがて静かに扉が開かれた。

ルシアンであった。

蒼ざめた顔を隠しもせず、ぎこちない足取りでルシアンが歩み寄ってくる。

ジェナスは無言のまま立ち上がり、目礼した。

ルシアンは何か言いたげであった。わずかに唇の端を歪めただけでそれは声にならず、弱々しく目を落としてキラが寝ている寝台の横にひざまずいた。

キラの顔は以前よりもひとまわり細く、痛々しいほどにやつれて見えた。

血管がうっすら透けて見える肌の蒼白さに、本当に血が通っているのかと、思わず手でふれて確かめずにはいられないほどであった。

わずかに開かれた唇から荒い寝息がもれる。それは残り少ない命の炎が今にもかき消えてしまいそうなほどに細く、儚《はかな》いものを感じさせないではおかなかった。

ルシアンはためらいがちに手を伸ばし、その手を握りしめた。

キラを罵り辱めた唇は、もはやキラの唇にふれる資格もない。それでも、どうしようもなく心は疼き、その細い指に狂おしいほどの懺悔《ざんげ》を込めて口づけるルシアンであった。

……許せ。

……赦《ゆる》せっ！

……免《ゆる》せっ。

ルシアンはただひたすら、その言葉をくり返すことしかできなかった。

そうやって胸が熱く昂ぶり唇の震えが止むまでくり返したそのとき、キラがうっすら目を開けた。

「ナイ…アスの…はな……きれ……い……まっ……て……も……すこ……し……」

意識が混濁しているのだろう。熱に潤んだ蒼瞳はひたすら幻を追い、あてもなく宙をさまよい、乾いたつぶやきを残してふっと途切れた。

このままキラが逝ってしまうのではないかという恐怖に耐えきれず、ルシアンはキラの肩に手をかけ激しく揺すった。

「キラ……キラっ！」

その手荒さに驚き、ジェナスはあわててルシアンを引き離そうとした。だが、逆にきつく腕を摑み返されてどきりと目を見開いた。

苦しげに喘ぐルシアンの唇が歪み、眦は引き攣り、双眸からあふれる涙が雫《しずく》となって幾筋も尾を引いた。

「助けてやってくれ、ジェナス。死なせたくない。……死なせたくないっ。まだ……まだ何も償っていない。このままキラを逝かせたなら、この先、私は生きてはゆけぬ。だから、頼む。

一生の、頼みだ、ジェナス。ほかには……ほかには、何も望まぬから……」

人一倍誇り高いルシアンが、人前では決して弱音を吐かないルシアンが、何もかもかなぐり捨ててジェナスにすがる。

腕に食い込む指の震えが、肌を伝ってジェナスの胸を重苦しく締めつけた。だが、ジェナスは、あとはキラの気力と神の温情にすがるしかない己の無力を噛みしめるだけで、ついに慰めの言葉ひとつも口をついては出なかった。

＊＊＊

せめて春まで……。

ナイアスの花と薫りに抱かれて静かに眠りたいという、キラのささやかな望みを天が叶《かな》えてくれたのか。それとも、ルシアンの、ジェナスの、魂《こころ》を込めた必死の祈りがこの世にキラを繋《つな》ぎ止めたのか。

翌朝、キラは眠りの呪縛から解き放たれたように静かに意識を取りもどした。

これまで、ジェナスがどれほどかき口説いても施しは受けないと頑なに言い張ってきたキラも、さすがに病み上がりの身が心許《こころもと》なかったのか。結局、ジェナスの好意を素直に受けることにした。なんだかもう、無駄に意地を張り通す意味もなくなってしまったように思えて。

ぼろ屑同然に城を追われ、終の住処と決めてジオにもどってくるまで、キラは孤独に苛まれながら今日を生きることに精一杯であった。

他人の力を当てにせず、それが運命とあきらめて季節を渡り歩いてきた。

それゆえ、ジェナスの親身な心遣いが身体の芯まで染みた。たとえ、それが同情や哀れみでしかなかったとしても、差し伸べられたジェナスの手は思わず頬ずりしたくなるほど暖かであった。

そんなある日。

キラは、突然のルシアンの来訪にとっさに言葉を失った。

「なに……か？」

ようやくのことで絞り出した声は不様にかすれ果てていた。

「何やら、ジェナスが足繁く通っていると聞いたものでな」

痩《や》せこけた頬が歪んだ。ジェナスの好意に甘えすぎていた己の軽率さに、思うさま頬を張られたような気がした。

弁解しなければならないと思った。けれど、こわばりついた舌根のもつれは容易にもどらなかった。

ルシアンは何を思ったのか、狭い部屋の中をぐるりと見渡し、濃紺の長衣を見つけてわずかに目を瞠り、無造作に掴み取るとキラに手渡した。

「出かけるぞ。支度をしろ」

「おまえを宮廷で召し抱えてやろうというのだ。取りあえず、今はその身ひとつでいい。あとは誰ぞに命じて運ばせておく」

「…………え？」

キラは呆然とした。なぜルシアンがそんなことを言い出したのか、まったく理解できなかった。思いもかけない事の成り行きに、どういう顔をすればいいのかさえわからなかった。

「おまえにとっても、それほど悪い話ではあるまい？　歌を聞かせて日銭を稼ぐにも限度があろう？　路銀が底をついてしまうようではジオの冬は越せぬぞ。それゆえ、あたたかな寝床と食い物を与えてやろうというのだ」

「せっかくの…お話ですが………」

最初の衝撃が去って、ようやくまともに頭が動き出す。

かすかに蒼ざめた顔つきでキラがそう切り出したとき、ルシアンは、その先の言葉などいっさい聞く耳は持たないとでも言いたげに鋭く言い放った。

「否とは言わさぬっ。おまえがわずかでもジオの地を踏みしめている限り、その帝王たる私に逆らうことは許さぬ。詩謡《うたうた》いとは、たとえ意に沿わぬ酒席でも、請われれば礼を尽くして侍るのが作法であろう？　それとも、何か。宮廷でジェナスと顔を突き合わせては都合の悪いわけでもあるというのか？」

心にもないことを高飛車な口調で吐き出す苦々しさに、ルシアンは下腹のあたりがぎりぎりとねじれるような痛みを覚えた。

唇をついて出る言葉の毒が、棘々しさが、そっくりそのまま我が身を切り裂いていく。痛みはそれと呼応するかのように膨《ふく》れ上がり、指の先まで走った。

長くは持たない命ならば、可能な限り長らえさせてやりたかった。それが、今、自分にできる唯一の贖罪《しょくざい》であると思った。

ジェナスの口を借りて養生所の話を切り出しても、そこまでは世話になれないと、キラは首を縦に振らない。いつまでたっても埒《らち》があかない押し問答に苛立ちと焦りがつのり、それならば自分が片をつけてくると王宮を飛び出してきた。

けれども。ルシアンは、どのような言葉でキラをセレムの離宮に誘えばよいのかわからなかった。

今更、正面切って詫びる言葉も持たない。誠心誠意、頭を地面にこすりつけて前非を悔いれば、あるいは、万が一にもキラの許しを得られるかもしれない。だが、奥歯を軋《きし》らせて幾万回許しを請うても、我が手で断ち切った絆を繕う術はないのだ。それゆえルシアンは、高飛車な態度でしかキラの前には立てなかった。

声もなく、語る眼差しでキラが見つめ返す。

なんとも形容しがたい息苦しさに耳鳴りすら覚え、ルシアンは長衣をキラに巻き付けてそそくさと目を背けた。

そして、キラの腕を掴むやいなや荒々しく扉を開き、半ば強引に馬上へ押し上げた。

「しっかり摑まっていろ」

鐙《あぶみ》を踏む足も軽やかに、ルシアンが続く。

キラの細い腰に回す手が、一瞬のためらいに震える。それも束の間、迷いも過去も振り切るように力強く抱き寄せると鮮やかな手つきで愛馬《ハザム》の手綱を引いた。

寒風をついて、ハザムがゆるやかに大地を駆ける。

病み上がりのキラにはさすがに堪《こた》える寒さであった。それを察して、ルシアンは懐深くキラを抱きとめ、自らの外套《マント》でしっかりと包み込んだ。

馬上で風を抜くキラの銀髪が、ルシアンの頰を弄《もてあそ》ぶかのようにかすめた。密着した鼓動の温《ぬく》もりは言葉にならない疼きを誘って胸を締めつける。

知らず知らずのうちに抱き寄せる手に力がこもり、キラの髪に、うなじに、口づけたい衝動が走る。それをなけなしの自制心で抑え込む、苦渋。嚙みしめた唇が引き攣り、歪み、辛うじて喉の震えを呑み込むルシアンであった。

そして、キラは…………。

もはや、二度と聞くこともあるまいと思っていたルシアンの脈々たる鼓動を背にし、病んだ胸の奥に静かにともる熱い疼きを自覚してふと目を閉じた。

(あぁ…………。これは、夢だ)

そう思った。

(こんなふうにハザムの背で今一度ルシアン様の温もりを感じていられるなんて………。目を開けばすぐに潰《つい》えてしまう夢なのかもしれない)

もう長くはない命を哀れんで、神が見せてくれた束の間の幻。

ならば、誰に憚《はばか》ることがあるだろう。消え果てるその瞬間まで、この身を漂わせてみようか……と。

そんな想いに囚《とら》われてそっと胸を喘がせたとき、キラは半ば無意識にルシアンの手を探り、ゆうるりと我が手を添えた。

しなやかに大地を駆ける馬上で、重ねた手の温もりと、それぞれの心に走るせつない疼きが絡み合い、もはや言葉に託す術のない想いの深さがひとつに溶けて時が静止する。

続きのない夢。

ひとときの幻。

すべては、夢。

目を開けば潰えてしまう、儚い幻想。

キラが忘れようとして捨てきれず、ルシアンが憎しみの檻《おり》の中で堅く閉ざした心が現《うつつ》を離れ、抱《いだ》き合い、時の彼方《かなた》で浄化した瞬間であったのかもしれない。

次第にゆるむ馬足が、見慣れた王宮ではなく、セレムの離宮への道をたどっているのだと気付いたとき、キラは、ルシアンの話が単なる口実にすぎないのだと知って、訝《いぶか》しげにひっそりと眉を寄せた。

セレムは、歴代の王族が療養のために使用した小離宮である。

それが、なぜ？

なんのために？

なんの結論も出せないままに、ハザムはセレムの門を潜った。

そこにはジェナスが待っていた。

無言のままキラを下ろしたルシアンは、想いを込めた一瞥を残し、未練を断ち切るようにすぐさま手綱を取って返した。

ルシアンの背中が小さな点になって消え果てるまで、身じろぎもせずにキラは見送った。

そんなキラの肩に手を添え、ジェナスが中へと促す。

キラはゆったりと足を運びながら静かに問いかけた。

「どういうことなのですか？　教えてください、ジェナス殿。ルシアン様は、なぜ……口実を作ってまで、ぼくをここへ？」

「おまえの身を案じていらっしゃるからだ」

「ですから、なぜ？　先のない命を哀れんでくださったとでも？」

それしか、思い当たる節がない。ルシアンがどうしてそれを知ったのか、謎は残るが。

「知っているか、キラ。神はひとつの魂を半分にして、それぞれ違った生命《いのち》の中に封じてしまわれるのだそうだ。それを『魂の伴侶』と呼ぶ。人の世の出会いと別れは欠けた半分の魂を求め、あてどなく流離《さすら》うためにあるのだという者もいる。キラ、おまえはそれを信じるか？」

キラは無言で先を促した。

知りたいのは、そんな御伽噺《おとぎばなし》めいたことではない。だが、ジェナスがなんの脈絡もなく、いきなりそんな話を持ち出したとも思われなかったのである。

「互いに惹《ひ》き合っては運なくすれ違い、遠く離れてはまた呼び合い。そうして、幾度もくり返し、くり返しては時を紡ぎ、ひたすら巡り合うその日を待ち焦がれる。それが『魂の伴侶』としての運命だというのなら、神も残酷な仕打ちをなさるものだとは思わぬか？　神はそうやって、永劫《えいごう》、我らをお試しになる」

人が人と出会うとき、そこで何かが始まるのだろう。

その出会いが『福』をもたらすのか『魔』を呼び込むのか。矮小《わいしょう》な人間には、そのなんたるかを推し量る術もないが。

人間は、己の人生を自分の足で歩いていかなければならない。『死』という終末がそこにあるからだと言う者もいる。だが、誰もそれを目指して今日を生きていくわけではないだろう。

今日は辛くても、明日になれば何かいいことがあるかもしれない。そう思うからこそ、生きる力が湧いてくる。

辛く苦しいからといって、己の人生を誰かが肩代わりしてくれるわけではない。

生きていくことは、無垢《むく》ではなくなるということだ。

年齢を重ねて老いていくのは身体《外見》ばかりではない。

濁った目をいくら凝らしても、真実は見えない。他人の言葉を軽んずる者は、どれほど耳を澄ませても何も聞こえない。人を愛することも、それと同じようなものだろう。

「互いをいたわり合うのが愛ならば、深く愛するがゆえに己を……他人を傷つけずにはおかない愛もあるのだろう。だが、真に巡り合うために生まれついた『魂の伴侶』というのは、たぶん、人知の枠を超えた縁《えにし》とやらがあるのかもしれない。何度引き裂かれても、周りがどんなにあがいても、結局は惹き合わずにはいられない何かが。おまえとルシアン様を見ていると、心底、そう思われてならぬ」

魂の伴侶。

ジェナスもずいぶんな夢想家である。

ただの御伽噺ではなく、この世に本当にそんな相手が存在するのであれば……。ふと、それを思ったとき。

「アッシュへ嫁がれたイリス様が、おまえのことをたいそう気に病んでおられてな。ルシアン様には内密に、私に手紙を寄越された。満月の夜宴でおまえが倒れたあのとき、おまえは知らなかったろうが、扉一枚隔てた向こうにイリス様とサマラがいたのだ」

「……っ！　では、まさか、イリス様が手首を切って果てようとなさったというのは」

思わず口走って、すぐに口をつぐむ。

「そのようなこと、誰に聞いた？　ルシアン様か？」

キラはぎこちなく目を伏せた。

ジェナスは深々とため息をついた。

「長い手紙でな。イリス様のお心をそのまま写し取ったかのような、せつなく、胸苦しい手紙だった。今まで、誰にも打ち明けることのできなかった懺悔の意味もあったのだろう。二年前の事の真相もこと細かく書かれてあったのだ。それがなぜか偶然、いや——わたしには、それこそが天の配剤のように思えてならないが。ルシアン様のお目にふれてしまったのだ」

ぎくりと弾かれたように足を止め、キラはジェナスを凝視した。

「そういう、ことなのだ」

「そう……ですか」

詰めた息をそっと吐き出して、キラはそれっきり口をつぐんだ。

有無を言わせず腕を摑んだルシアン。

そのときの高飛車な言動が不意に思い出され、胸の奥でなんとも言えない疼きをともなって熱いものが込み上げた。

懐深く、きつく腰を抱き寄せてきたルシアンのかすかな指の震え……。おそらくはあれが、誰よりも誇り高いルシアンの精一杯の証《あかし》ではなかったかと。

人は誰かしらと巡り合うために生まれてくる。否定はできない。

数ある出会いの中から、人は、ともに人生を歩み苦楽を分かち合うべき相手を見出《みいだ》す。簡単なことのようで、難しい選択である。

真実の出会いもあるだろう。錯覚もあれば、打算もある。

どういう形を取るにせよ、人を愛するということは、よくも悪くも何かを『生む』ことなのだとキラは思った。

どれほど愛しても、形見として何も残せない愛がある。

ルシアンにはジオの帝王として、ソレル王家の血を次代へ継がなければならない義務があった。

ルシアンと愛し合う。その事実が他人目には苦汁と舌打ちしかもたらさないことでもあると知るには、身も心もあまりに未熟すぎたのだと、キラは今更のように思い知るのであった。

その一方で、男と女のそれのごとく『子を生す』という血の絆を残せない交わりであったからこそ、こうまで未練が疼くのだろうかと、キラは静かに嘆息した。

たとえ真実が白日《はくじつ》のもとに曝《さら》け出されても、今更、何が変わるわけでもない。時間は絶えず、今日から明日へと流れていくものなのだ。

キラは知っている。時間の流れに逆らい、立ち止まる術はないのだ。それを痛感していればこそ、ルシアンも無言で踵《きびす》を返したのだろう。

二度と再び、ふたりの縁が交わることはない。

それでも、想うことだけは誰にも止められない。ならばきっと、それでもいいのだろう。

キラはジェナスに促されるままに歩いた。ゆったりした足取りで、一歩ずつ、ルシアンへの想いを噛みしめるように。

馬上で見た、束の間の夢。

胸の内でその幻を思い描きながら、すべてが時の彼方でひとつに溶けることを祈りつつ、セレムの離宮へと消えていった。

§ 終章 §

新しき年の夜明けは迫り来る運命の足音も知らぬげに、何もかもがただきらきらと目映《まばゆ》かった。

一面の銀世界であった。

さまざまな人々の、それぞれの想いと祈りを込めた夜が明け、この世の邪悪も汚辱もすべて白銀の腕の下に抱きかかえて無垢なる産声を上げるかのような静かな朝であった。

天に、地に、新しき風が吹く。

ルシアンとマイラが時代を担う、新しきジオの夜明けであった。

＊＊＊

早春。

梢を渡る風に、大気もようやく温みはじめる頃。

ルシアンとマイラの婚礼を間近に控え、王宮はあわただしさを増していった。指折り数えてその日を心待ちにしながらも、マイラはささめく不安にかすかな胸騒ぎを感じてもいた。

満月の夜。ルシアンが宴の席でキラを辱めたとき。それが、すべての始まりであった。そのとき初めて、マイラはキラという存在を知った。

次は、豊穣《ほうじょう》の祭りの日。

ルシアンはマイラを置いてキラの後を追い、それっきり一度も振り返らなかった。

そのとき、マイラは思ったのだ。憎悪は愛に勝るのかと。愛する者の手をいとも容易《たやす》く振りほどくほどに、ルシアンはキラを憎むのかと。

だが、そうではなかった。

憎み、罵り、辱めないではいられないほどにキラを愛していたのだ。

満座の席で毒を込めて蔑みながら、その実、己の傷をも抉《えぐ》ってみせるほどに深く愛していたのだ。そして、臣下の眼前でなんのためらいもなく懺悔の涙にくれるほど、今もキラを愛しているのだろう。

長い、長い、すすり泣きであった。激しい悔恨が肌を突き刺すような咽び泣きであった。

この先どれほど時が流れ去っても、おそらく、あの夜の出来事は生涯忘れることはできないだろう。

あの日。

あのとき……。

あの場所で……。

人を愛することの重圧を知った。愛し愛されることは、必ずしも等価ではないのだと思い知らされた。

そして。笑顔で愛を語るだけの無垢ではいられない自分を自覚させられた。

——今。キラは、セレムの離宮で療養している。

心の臓を病んでいるのだという。もうそれほど長くは生きられないだろうと、誰もが声をひそめて囁き合っている。

この夏が望めないほどにキラが病んでいる。

それを知ったとき、マイラは、ほっと胸を撫で下ろした。無意識のうちにもキラの死を望んでいる自分に気付き、束の間、絶句した。

人を愛するということは、己の心にひそむ醜さをも知ることなのだろうか。

ルシアンは、キラのことに関してなんの釈明もしなかった。いや……できなかったのかもしれない。あまりにも辛すぎて。

マイラも、何も聞かなかった。ルシアンの慟哭がすべてを物語っていたからだ。

ルシアンは変わりなく優しい。たとえ、それが後ろめたさゆえの優しさであろうとも、自分が妻に望むのはおまえだけだと真摯に抱きしめてくれる。

その言葉に嘘はない。信じているからだ。

ルシアンは自分を愛してくれている。その事実は揺らがない。心の底からルシアンを信頼しているからだ。

だからこそ、マイラは正しく前を見つめていようと思った。

帝王ルシアンの妻になる。その自負と誇りにかけて、キラを超えて行かなければならないからだ。

口さがない宮廷雀《すずめ》の噂話にうろたえて迷ってはならないと思った。ルシアンを信じ、ともに歩むことこそが一番大切なことなのだ。

キラが逝く。

望むと望まざるとにかかわらず、それが彼の運命なのだ。

意地悪く言葉を変えれば、死ぬことによってのみ、キラは已の生きた証をルシアンの胸にしっかりと刻みつけることができるのだ。

けれど。よくも悪くも、過去は過去。いずれは色褪《いろあ》せて風化する。人は、思い出を食《は》んでいるだけでは生きてはいけないものだから。

マイラはそう信じたいのだ。いつの世も、生者は死者に勝ると。

恋愛に勝者と敗者は付きものでも、幸福の定義は人それぞれである。身の丈を知り、今を懸命に生きることこそが一番の価値がある。

なんぴとたりとも、力で人の心をねじ伏せることはできない。どのような言葉を尽くして愛を囁いても、押し付けがましいだけの愛情はただ疎ましいだけだろう。

ならば、時間をかけて、真心を込めて、すべてをゆうるりと包み込んでいくしかない。

(信じております、ルシアン様。今のあなたが必要としているのは死にゆくあの方ではなく、このわたくしなのだと)

＊＊＊

花、咲き乱れる春。

その日。キラは、夢にまで見た緑土の木洩《こも》れ日の中にいた。

馬車に揺られてここまで来た。渋るジェナスをかき口説いての、束の間の散策であった。

「ナイアスの花は逃げも隠れもせぬ。まだ熱が引いたばかりではないか。病み上がりの身体で出歩いて、またぶり返したらどうする」

「別に、ジェナス殿についてきて欲しいとお願いしているわけではありません。断りもなく出かけては心配なさるだろうと思い、一応、声をかけてみただけのことです」

「屁理屈《へりくつ》を言うな、屁理屈を」

「お許しがいただけるのを待っていては、それこそ、花の盛りは過ぎてしまいます」

「しかし。何も、今日、この日を選んで出かけることはあるまい？」

「では、ジェナス殿は、おふたりのために祝福の詩でも歌えとおっしゃるのですか？」

キラが問うと。

不意に言葉を失ってしまったかのようにジェナスは双眸を細めた。

「………すみません。失言でした。忘れてください」

「すべてを水に流せとは言わぬ。しかし、な」

「わかっています。わかってはいるのです。ただ、いざとなると、分別くさくすべてを割り切ってはしまえないものなのだと思って」

あのまま………。ルシアンに憎まれたままであれば、たぶん、こうまで心が揺らぐことはなかったのかもしれない。自分なりの踏ん切りはつけたはずなのに、まさか、こんなどんでん返しのような結末が待っていようとは………。

運命とは、とことん皮肉な巡り合わせでできているものらしい。

「未練がましい奴《やつ》と、笑ってくださってもいいのですよ、ジェナス殿。最後の最後になってもまだじたばたとあがいている自分に、我ながら呆れ返っているくらいですから」

本音がぽろぽろとこぼれ落ちた。今更、見栄を張ってもしかたがない。

「たぶん、ぼくは………。これから先の人生をルシアン様とともに歩いていかれるあの方に、嫉妬しているのかもしれません」

それっきり、キラはジェナスの心情を慮《おもんぱか》るかのように口をつぐんだ。

一面、薄紅色にかすむ空の色が目に染みた。

素足でそこに佇《たたず》めば、ひと雨ごとにたくましく息吹く大地の鼓動すら聞こえてくるようで、次第に胸が熱くなる。

蠢動《しゅんどう》する大地の温もりを確かめるように、キラはことさらゆったりとした足取りで歩いた。

風もない。

音もない。

はらはら…………と。

ほろほろ…………と。

無言の旋律を奏でるようにナイアスの花が散る。

旅の空に、眠れない夜に、思い描いてはせつない疼きを噛みしめたあの頃。

(間に合って、本当によかった)

ルシアンとともに見る夢は虚《むな》しく潰えてしまったが、最後の願いは叶った。

ともすれば昂ぶりがちな鼓動を抑えつつ、キラは深く静かに胸を喘がせた。

(ルシアン様。命あるものはすべて時とともにこの世を巡り、いつの日にかまた、形を変えて生まれ出《い》ずるものなのだそうです。死は、次に巡りくる命を得るまでの永い眠り。そう信じてさえいれば、この想いも、いつか別の形で叶うものなのかもしれません。欠けた半分の魂……。それがぼくとあなたの運命ならば、いつか、きっと……）

輪舞する花びらの囁きが、耳をくすぐる。えも言われぬ芳香が、肌に、髪に、優しくまつわりついて離れない。

キラはうっとりと目を閉じた。ここにこうして佇んでいるだけで、心がゆるやかに溶けていく。病み衰えた我が身さえ、薄紅色の静寂に溶けてしまいそうな気がした。

＊＊＊

レア・ファールカに鐘が鳴る。

幾千の喜びを分かち合い、幾万の祝福を込め、華やかに鐘が鳴り響く。

あまたの人々が見守る中、ルシアンとマイラの婚礼が荘厳に執り行われようとしていた。

神殿の中。厳かに祈りを捧《ささ》げる神官の声だけが、流れるように低く響き渡る。

目に染み入るばかりの純白の長衣を身にまとい、ルシアンがマイラに手を差し伸べた。

緊張からか、かすかに震えながらマイラが我が手を添える。

そんなマイラを愛おしむように、ルシアンは静かな微笑を浮かべた。

神の御前で、三度くり返される誓いの言葉。交わされる、誓いの接吻。

ジオの新しき歴史の幕が開く。

それに相応しい、盛大な儀式であった。

金糸銀糸を幾重にも織り込んだマイラの緋色《ひいろ》の婚礼衣装を飾るのは、今朝早く、ウーラの花園から摘んできたばかりの花々である。頰を染めてルシアンを見つめる花嫁の初々しさが、一同の微笑を誘ってやまなかった。

婚礼の宴は、夜更けても終わることを知らなかった。

並み居る王侯貴族相手に、ルシアンはおだやかな微笑を絶やすことなく酒を酌み交わす。

そうして、ときおりマイラを気遣うように、その手を止めて言葉をかけるのだった。

マイラが笑う。貴《あて》やかに、恥じらうようにその目で頷《うなず》き、上気した頰の熱さそのままに言葉を返す。

そこには、誰の目にも、両手にあふれんばかりの幸福しか約束されていないように見えた。

始終にこやかに談笑を重ねるその裏で、ほんの束の間、ルシアンの双眸がわずかに陰るそのことに、いったい幾人が気付いていただろうか。

そうして、すべてが滞りなく終わり、ルシアンとマイラは寄り添うように寝所へと消えていった。

＊＊＊

清爽《せいそう》な気を孕んだ、静かな夜であった。

闇に際立つ三日月の蒼白さが、いっそうの静謐さを誘う。夜の冷気に吐息もゆるりと張り詰めていくような、そんな夜であった。

華々しい宴の余韻が身体の節々でくすぶっていた。いつにない気の昂ぶりに目が冴えて、ルシアンはなかなか寝つけなかった。婚礼とはなかなかに大変なものだと、当事者になって初めて知った。

ずいぶん気を張っていたのだろう。かたわらのマイラはすでに快い寝息を立てている。

ルシアンはひとつ大きなため息をもらし、足音を忍ばせるようにそっと寝所を抜け出した。

夜着の上に長衣をまとったままで、ひっそりと静まりかえった庭園に出た。

黒々とした灌木《かんぼく》の茂みは、こそともしない。

そよそよとした夜風が、ルシアンの髪に、指に、ゆるくまとわりついては闇に溶けていく。

足を止めて、ふと見上げれば、そこには満天に降る星があった。夜の静寂に相応しく、星はただひたすら蒼く美しい。

そのとき。

ルシアンは。高く澄んで弾けるような琴《きん》の音色を聞いたような気がして、思わず振り返った。

だが、視線を巡らせても、夜の静寂を破るものなど何ひとつなかった。

(……空耳か)

ルシアンはわずかに小首をかしげた。静謐な夜の気に呑まれての幻聴だと思った。

(そろそろ、もどるか)

刹那。

ルシアンはぎょっと身を竦ませて前方を凝視した。

ゆらゆら……と、闇が翳《かげ》ろうように揺らめいていた。蒼白く夜を染め抜くように、妖しく闇が震えていた。

(なん…だ……)

息を呑み、ひたすら凝視した。

不思議なほどに恐怖心は湧いてこなかった。闇を震わすそれが、密やかに揺らぐため息のようにも思えたからだろう。

その蒼白き陽炎《かげろう》が、不意に人の形に成り代わったとき。ルシアンは我を忘れ、ただ呆然とその場に立ち竦んだ。

「――――キ…ラ……」

絶句の果てに、弱々しく、半ば無意識のかすれ声がもれた。

ゆったりとした極上の長衣をまとい、いるはずのないキラがそこにいた。何も語らぬその唇におだやかな微笑を浮かべ、えも言われぬほどに優しい目でルシアンを見つめていた。

遠く…………。
はるか頭上の彼方で鮮やかに琴が鳴った。
甘くせつなげに清爽な夜の気配を弾き、返す余韻で闇を震わせ、耳元で儚く散った。
静かな足取りで、流れるようにゆうるりとキラが歩んでくる。
蒼白い輝きを孕んだ銀の細絹が闇に幾筋もの弧を描き、いざなうように揺れる。
揺れる…………。
ルシアンは浮かされたようにぎこちなく、両の腕《かいな》を差し伸べた。
その手に。
その首に。
ふわりと舞い上がるように絡みつく、しなやかなキラの腕。
微笑みを浮かべた赤き唇が、わずかにルシアンの唇にふれた——瞬間。
ルシアンは不意に夢から覚めた。
闇に溶けたキラの温もりは、もう、どこにも残ってはいなかった。
「逝った…の……か」
差し伸べた手が小刻みに震え、力なく、だらりと落ちた。
「キ…ラ……」
虚しいつぶやきが静謐の夜に凍え、弾けて消えた。

＊＊＊

ルシアンとマイラの婚礼に招かれて嫁ぎ先のアッシュからジオへ里帰りしたイリスもまた、ひとり眠れない夜を過ごしていた。

豪華絢爛《けんらん》たるふたりの婚儀に心からの祝福を送る気持ちに嘘はない。

けれど、やはり、どうしてもキラのことが気になってしかたがなかった。

ジェナスからの文でキラがセレムの離宮で養生していることを知らされたときには、思わず涙がこぼれた。自分のたったひとつの願い《心残り》が叶えられた安堵と、迫り来る哀別の悲しみとがない交ぜになって、どうしようもなく胸が詰まった。

帰郷して、懐かしい『二の宮』で過ごしていたイリスだが、キラの様子を見聞きすることはできなかった。おそらく、そういう情報をイリスの耳に入れないとの配慮があるのだろう。

だから、イリスも問わなかった。

それでも、心は疼く。特に、幸せの絶頂であふれんばかりの笑顔を振りまいているマイラを見ていると、胸がさざめいてしまうのだった。

そうして、眠れないままにバルコニーに出たイリスは——見てしまった。ルシアンとキラの、束の間の邂逅《かいこう》を。

信じがたいその光景に双眸を見開き、やがて、言葉にならない想いを噛み殺すように黒瞳を細く歪めた。

(逝って……しまった、のですか？　キラ……。今日、この日に……兄上様ひとり残して……逝ってしまうのですか？)

予期していたはずだった。いつの日にか、こんな日が来ることを。

覚悟していた。――つもりだった。

けれど……。

耐え難いほどの胸の痛みに四肢が震え、イリスはよろけるようなぎこちなさでその場に頽《くずお》れた。

あれは、呼び合う魂が見せた幻惑なのか。それとも、人知の枠を越えた現《うつつ》の出来事なのか。

キラとルシアンの、刹那の儚い逢瀬《おうせ》が瞼《まぶた》にこびりついて離れない。

(それほどまでに恋うるのですか？　逝ってもなお、この世に心を残し、幻に姿を変えてまで……深く。キラ……)

とめどなくあふれる涙に視界が熱く歪む。けれど、イリスはもはや、それを拭う気力さえなかった。

＊＊＊

キラが逝った。

ルシアンとマイラの婚礼祝儀のまっただ中ということもあり、キラの葬儀はごくごく限られた関係者のみでしめやかに営まれた。

ルシアンには葬儀が終わったあとで、サマラが報告した。

キラの遺体はアーシアの隣に埋葬された。ルシアンの指示で。

キラの死を、ルシアンは無言で受け止めた。

――――ように見えた。

もっと取り乱すかと半ば戦々恐々としていたサマラだったが、思っていた以上にルシアンが平静であったのがせめてもの救いだった。

突然の死ではなく、限られた余命であったことで、それなりの心構えができていたのだろうと誰もが胸を撫で下ろした。

キラが逝って五日が過ぎた。

ルシアンのことがどうにも気掛かりでジオを去る気にもなれず、夫を先に送り出してひとりアッシュへ帰る日をくり延べて様子を窺っていたイリスを前に、ルシアンは意外なほど晴れやかであった。

周囲の者に心配をかけまいと努めて明るく振る舞っているのか。それとも…………。

屈託のない笑顔は、誰もが押し並《な》べて面食らうほどに明るい。冴えた双眸にも、おだやかな物腰にも陰りはなく、まるで何事もなかったかのような錯覚すら抱かせるのであった。

キラの死を悼《いた》むにはどこか不自然。

人々はとまどい、そわそわと、困惑ぎみに互いの顔色を窺った。

キラの喪に服するにはあまりになだらかすぎるとイリスは訝り、ルシアンなりに痛手を乗り越えたのだとマイラは思った。

「これでいいのだろうな、たぶん」

ため息ともつかないものをもらしざま、ディランがつぶやいた。

ルシアンの、あまりの屈託のなさに一抹《いちまつ》の不安を覚えながらも、

「あぁ……」

言葉少なに頷くサマラであった。

キラの死にルシアンが何を思い、どのようにして折り合いをつけたのか。それを知る術はない。だからこそ人々は予想外のルシアンの変貌を、より良く解釈しようとした。

彼らはもう二度と、荒れ狂うルシアンの姿など見たくはなかったのである。

辛辣な言葉で己を切り裂いた唇は、もはや苦悶に歪むこともない。良心の呵責に打ちひしが

れて咽び泣くこともない。双の黒瞳は不思議なほどのおだやかさで他人を見やる。何はともあれ、キラの死に、陰々滅々とした日々を過ごすルシアンを見ないでいられることに勝るものはなかった。

翌朝。

婚家であるアッシュへ発《た》つべく、別れを惜しむ者たちと挨拶を交わしながら、イリスは最後にすべての想いを託してマイラの手をきつく握りしめた。

「お願いね、マイラ。兄上様のこと」

頼んでおきたいことは山ほどあった。しかし、いざとなると胸が詰まって何も言葉にはならず、ようやくのことで唇をついて出たのはただそれだけであった。

「はい。これから始まるのです。何もかも新しく……」

ルシアンの妻たる自負を込め、マイラが微笑を返す。イリスはその言葉のひとつひとつを噛みしめるように、深く何度も頷いた。

そんなイリスの肩を抱き寄せ、ルシアンは笑いながら言った。

「タリウスの近くまで、送っていこう」

近年なかったそんな優しい仕種《しぐさ》に、イリスは半ば驚きの目を瞠った。

心が妙にざわめいた。

イリス自身、何とははっきり形容できない、ささいな違和感であったかもしれない。

ルシアンはイリスの髪に軽く口づけた。

「おまえがアッシュへ帰ってしまうと、淋しくなるな、イリス」

「ま…あ……兄上様。そんな、お上手……おっしゃって」

たとえそれが世辞とはわかっていても、イリスは胸を揺さぶられるような熱い疼きを覚えずにはいられなかった。

そんな胸に沁み入るような想いも、次の瞬間には鈍く凍りついた。

「何を言うのだ。おまえがいなくなってしまえば、もう三人揃って、アーシアの墓に詣《もう》でることもできなくなるではないか。キラも、きっと、そう思っているはずだ」

ルシアンがそう言ったからである。

イリスは、兄の言葉を聞き違えたのかと、思わず足を止めた。

「兄上様。今……なんと、おっしゃいましたの？　キラが、どうしたと？」

ルシアンは訝しげに目を細めた。

「おまえがアッシュに帰ってしまうと、キラも淋しかろうと言ったのだ。なんだ、聞いてなかったのか？」

あまりのことに二の句が継げず、しばし、イリスは絶句した。

「どうしたのだ、イリス、そんな蒼い顔をして……。おかしな奴だな」

「兄上……様。キラは……もう、いません」

足の震えが喉元まで迫《せ》り上がってきたかのような、かすれ声であった。

ルシアンは、一瞬、その意味を理解しかねたように口をつぐみ、やがて苦笑まじりにイリスを見やった。

「なんだ、イリス。戯言のつもりなのか？　キラが私を置いてどこに行くというのだ」

くらくらとした眩暈《めまい》に足元まですくわれそうな気がして、イリスはとっさにルシアンの腕にしがみついた。

「サマ…ラ……。サマラっ！　ディランっ！」

イリスの悲鳴ともつかぬ叫び声に驚き、サマラは思わず振り返った。そのときにはもう、ディランは駆け出していた。

「どうなさいました」

息を弾ませ、ディランがルシアンを見やった。

ルシアンはディランと同じように荒い吐息をもらして肩を並べるサマラの顔を交互に見つめ、わけがわからないとでも言いたげに苦笑してみせた。

「いや、イリスがな。突然、キラはもうおらぬなどとおかしなことを言い出してな。まるで、キラが、私に愛想を尽かしてどこかへ行ってしまった……みたいな口ぶりなのだ。冗談にしては、ちときついぞ。サマラ、そうは思わぬか？」

今度はサマラが、そしてディランが、束の間言葉を失った。

「なんだ、サマラ、おまえまでそんな怖い顔をして。いったい、どうしたというのだ」

「キラ、が。……どこに?」

「ハザムの上で待っておるではないか、さっきから」

なんのためらいもなく、ルシアンは愛馬を指さした。

「さあ、行こうか。キラも待ちくたびれておるわ。サマラ、イリスを馬車に頼んだぞ」

顔色をなくして食い入るように凝視する三人を残して足早にハザムに歩み寄ると、ルシアンは軽やかな身のこなしで馬上の人となった。その手は、もはやこの世には存在しないキラの腰を抱き寄せようとでもいうのか、ゆるく手綱を引き、返す目で彼らを急《せ》かせた。

「戯言も、度が過ぎる」

かすれ声を詰まらせ、ディランが下唇を噛んだ。

「サマ…ラ……」

今にも泣き出しそうなか細い声でイリスがサマラの胸にすがりつく。そうでもしなければ、その場にへたり込んでしまいそうだった。そんなイリスの背中にぎくしゃくと腕を回して、己自身に言い聞かせるかのように、サマラは声音低くくり返しつぶやいた。

「大丈夫です。イリス様。ルシアン様は大丈夫、です」

しかし、鼓動が荒く乱れるほどの動揺までは隠せないのか。イリスを馬車に乗せてとって返し、ルシアンに続くべく愛馬の鐙にかける足も、手綱を引く手も、いつにないぎこちなさであった。

(気がふれてしまわれたのではない)

そうではない。

そんなことは――――ない。

ただ、あまりに激しい悔恨と心の底でくすぶり続ける想いとが幾重にも絡み合い、キラの死という現実がどうにも受け入れがたいだけなのだ。

キラの幻を見ることで、すべての浄化を計ったのか。それとも、そう念ずるあまりキラという幻覚を作り出してしまったのか。

それほどまでに深く激しく他人にのめり込んだ覚えのないサマラには、ルシアンの複雑に屈折した心情を汲《く》み取ることはできない。だが、ただひとつだけ、サマラにも確信が持てることがあった。

それは…………。

(魂の半分を引きちぎられたままでは生きてはゆけぬのだ)

ルシアンはそれほどまでに深くキラを愛していたのだろう。サマラたちが思う以上に。そしてキラの死をもって、その情愛は強固な楔《くさび》となって心に深々と穿《うが》たれてしまったのだろう。

魂の伴侶。

その言葉の意味が重くのしかかる。

ルシアンがマイラを愛おしく思っていないはずがない。自らの意志で、ルシアンはマイラを妻に娶ったのだ。

それでも、やはり、キラへの想いに比べれば、絶対的な価値観そのものが違うのかもしれない。

ルシアンがマイラに何を求め、何を託そうとしたのか、それは誰にもわからない。

ジオの帝王として、避けられない現実がルシアンの前にはあったのだ。キラとの間には決して持つことを許されなかった、世継ぎをなすという責務が。

先を行くルシアンの楽しげな笑い声に弾かれ、サマラははっと我に返った。そのとき、そこに声を挙げて絡み合うルシアンとキラの睦まじげな姿を見たような気がして、思わず息を呑んで目を凝らした。

風に吹かれて舞い上がる花びらが、愛馬を駆るルシアンにまとわりついて離れない。

ナイアスの花吹雪は、今が盛りを迎えようとしていた。

あとがき

こんにちは。

今回。『銀の鎮魂歌《レクイエム》』を最新の新装版でというお話をいただいたときに思ったのは、このご時世にこういう話をピックアップする徳間さんっていろんな意味でチャレンジャーよね……でした。

ちなみに。初出は角川書店（現KADOKAWA）ルビー文庫です。それから日本文芸社KAREN文庫（加筆修正はなくドラマCDシナリオ付き）を経て、今回キャラ文庫での加筆修正の最新版となりました。

ふつうは、主人公がどんなに虐《しいた》げられていても、あるいは攻様がどんなに悪辣非道でも、最後には誤解がとけて三倍増しの溺愛モードに一直線というのがBLの王道ですから。それなのに、どこまで行っても平行線ってありえないでしょ……と思われる方がいらっしゃるのではないかと。

いや。だから。これって今時の『BL』じゃなくて、もはや化石の『JUNE』なんです。

身分制度の厳格な世界の王様と平民、それも男同士の恋愛って、乗り越えられない制約が多すぎてめちゃくちゃハード仕様です。ですから、よけいに萌えるわけですが。

一番の肝は、作中でサマラも言っていましたが。

「玉座はひとつきりだが、愛情の対象などいくらでもすげ替えがきく。憎しみも心の傷も、時がたてば癒えるものだと我らは思い上がってしまった」

それに尽きるのではないかと。

一国の王様の恋愛事情は当事者だけの問題ではなくて、『大事の前の小事』とか『大義と言う名の優先順位』という周囲の思惑もあれこれ複雑に絡んで大変です。

重すぎる愛情って、ひとつ間違えば妄執に囚われてしまうわけですから。この作品が悲恋なのか、行き過ぎた執着なのか、それとも純愛なのか。それは受け取り方次第……というところでしょうか。

今回、加筆修正するにあたり久しぶりにドラマCD『銀の鎮魂歌』を聴きました。豪華声優陣の迫真の演技に今更ながらズズンと胸にきました（ため息）。

末筆になってしまいましたが、ｙｏｃｏ様、お忙しい中にもかかわらず素敵なイラストをありがとうございました。

それでは。また、次の作品でお目にかかれることを祈って。

令和三年　五月

吉原理恵子《よしはらりえこ》

この本を読んでのご意見、ご感想を編集部までお寄せください。

《あて先》〒141-8202 東京都品川区上大崎3-1-1 徳間書店 キャラ編集部気付

「銀の鎮魂歌《レクイエム》」係

【読者アンケートフォーム】

QRコードより作品の感想・アンケートをお送り頂けます。

Chara公式サイト http://www.chara-info.net/

■初出一覧
本書は、角川書店刊行のルビー文庫「銀のレクイエム」（1993年）を底本としました。

Chara

銀の鎮魂歌《レクイエム》……【キャラ文庫】

2021年6月30日　初刷

著者　吉原理恵子
発行者　松下俊也
発行所　株式会社徳間書店
〒141-8202　東京都品川区上大崎 3-1-1
電話 049-293-5521（販売部）
03-5403-4348（編集部）
振替 00140-0-44392

印刷・製本　図書印刷株式会社
カバー・口絵　近代美術株式会社
デザイン　カナイデザイン室

ISBN978-4-19-901033-0

吉原理恵子の本

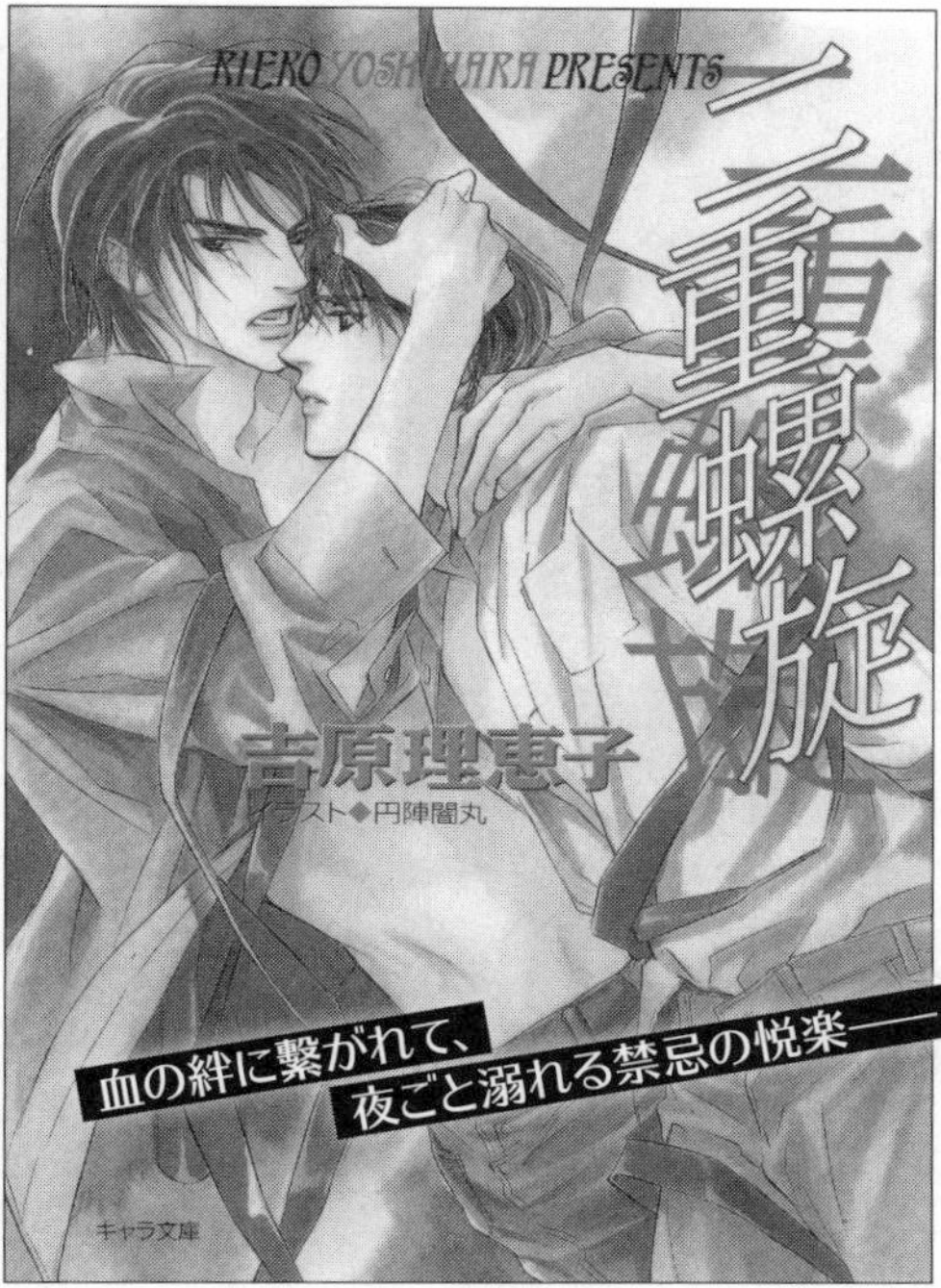

好評発売中

［二重螺旋］ シリーズ1～12 以下続刊

イラスト✦円陣闇丸

父の不倫から始まった家庭崩壊——中学生の尚人《なおと》はある日、母に抱かれる兄・雅《まさ》紀《き》の情事を立ち聞きしてしまう。「ナオはいい子だから、誰にも言わないよな？」憧れていた自慢の兄に耳元で甘く囁《ささや》かれ、尚人は兄の背徳の共犯者に…。そして母の死後、奪われたものを取り返すように、雅紀が尚人を求めた時。尚人は禁忌《タブー》を誘う兄の腕を拒めずに…!?　衝撃のインモラル・ラブ!!

吉原理恵子の本

好評発売中

「灼視線 二重螺旋外伝」

イラスト✦円陣闇丸

祖父の葬儀で８年ぶりに再会した従兄弟・零と瑛。彼らと過ごした幼い夏の日々、そして尚人への淡い独占欲が芽生えた瞬間が鮮やかに蘇る――「追憶」高校受験を控えた尚人と、劣情を押し隠して仕事に打ち込む雅紀。持て余す執着を抱え、雅紀は尚人の寝顔を食い入るように見つめる――「視姦」文庫化にあたって書き下ろした、雅紀の捻じれた尚人への激情――「煩悶」他、全5編を収録した、待望のシリーズ外伝!!

吉原理恵子の本

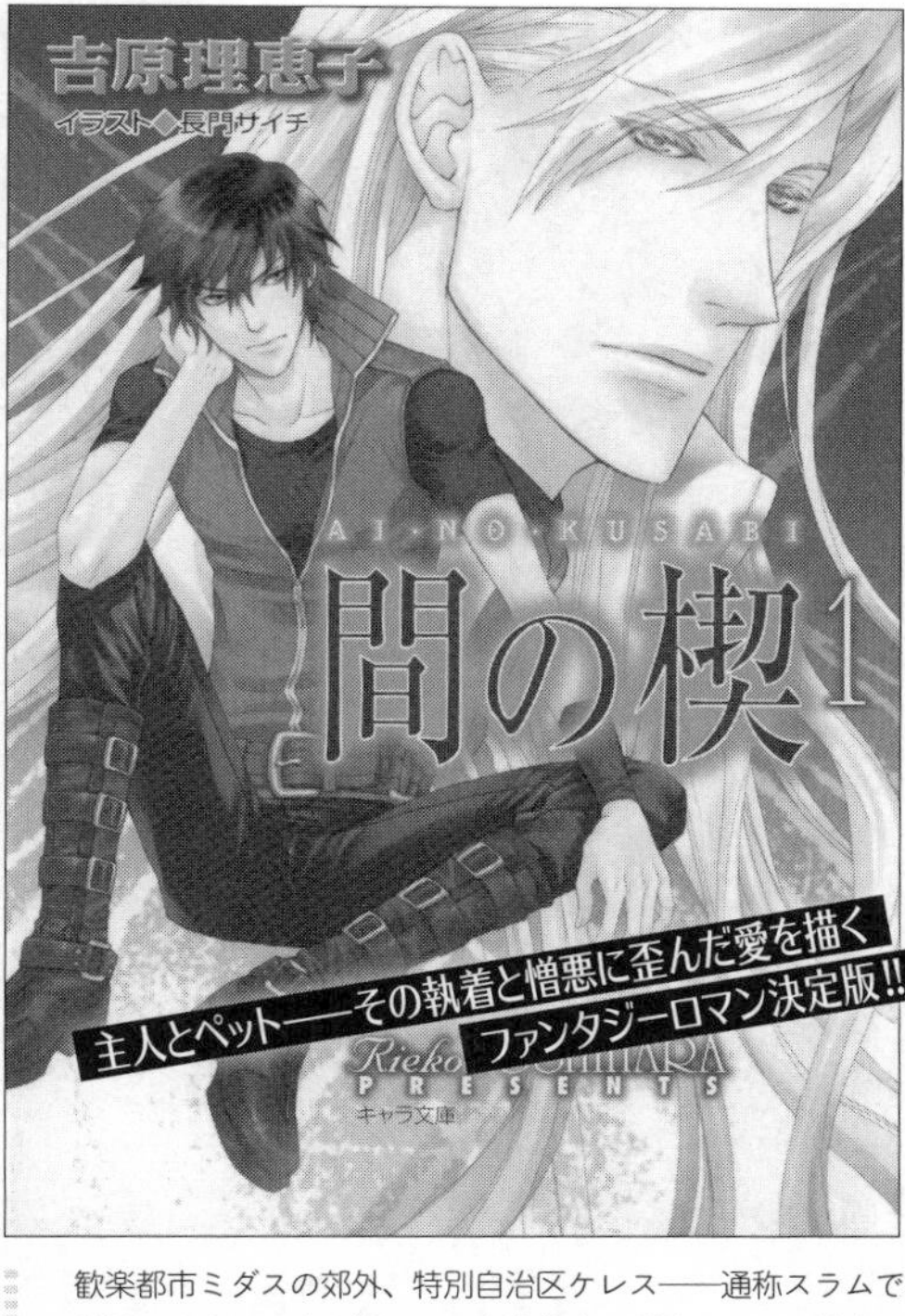

好評発売中

「間の楔」全6巻

イラスト✦長門サイチ

歓楽都市ミダスの郊外、特別自治区ケレス——通称スラムで不良グループの頭《ヘッド》を仕切るリキは、夜の街でカモを物色中、手痛いミスで捕まってしまう。捕らえたのは、中央都市タナグラを統べる究極のエリート人工体・金髪《ブロンディー》のイアソンだった!! 特権階級の頂点に立つブロンディーと、スラムの雑種——本来決して交わらないはずの二人の邂逅が、執着に歪んだ愛と宿業の輪廻を紡ぎはじめる…!!

吉原理恵子の本

好評発売中

「影の館」

イラスト✦笠井あゆみ

天界を総べる天使長のルシファーは、神が寵愛する美貌の御使《みつか》え。そんな彼に昏い執着を隠し持つのは、信頼の絆で結ばれた熾天使《セラフイム》ミカエル。激情を持て余したミカエルは、ついにある日、己の片翼を無理やり凌辱!! 堕天したルシファーは、ミカエルの従者《シャヘル》として「影の館」に幽閉され、夜ごと抱かれることになり!? 神の怒りに触れても、おまえが欲しい——姦淫の罪に溺れる天使たちの恋の煉獄!!

吉原理恵子の本

好評発売中

「暗闇の封印」全2巻

イラスト◆笠井あゆみ

堕天した元天使長のルシファーは、人間界に転生していた!!　しかも天使としての記憶は失われ、無理やり干渉すれば魂魄ごと消滅してしまうらしい!?　そんな己の半身を、天界から狂おしく見つめる熾天使《セラフイム》・ミカエル。優しく清廉だった美貌は、嗜虐を煽る不遜な黒髪黒瞳へ――19歳の青年キースになっても、触れられない飢渇感は募るばかりで!?　神をも凌駕する執着を抱えた堕天使たちの禁忌の恋!!